SELAHATTİN DEMİRTAŞ

Seher

*dipnot yayınları

Seher/Selahattin Demirtaş

Dipnot Yayınları 274 ■ Edebiyat 005
ISBN: 978-605-2318-00-3
1-30. Baskı, 2017-2020/Ankara
31. Baskı, 2021/Ankara

DÜZELTİ: İbrahim Yıldız
KAPAK RESMİ: Bahar Demirtaş
ÇİZİMLER: Bahar Demirtaş ve Siya Gürbüz
KAPAK UYGULAMA: Duysal Tuncer
BASKI ÖNCESİ HAZIRLIK: Dipnot Bas. Yay. Paz. San. Ltd. Şti.
BASKI: Sözkesen Matbaacılık (Sertifika No: 46586)
İvedik O.S.B 1518. Sok Mat-Sit İş Merkezi No: 2/40
Yenimahalle/ANKARA Tel: (0312) 395 21 10

DİPNOT YAYINLARI (Sertifika No: 48147)
Selanik Cad. No. 82/24 Kızılay / Ankara
Tel: (0 312) 419 29 32 / Faks: (0 312) 419 25 32
e-posta: bilgi@dipnotkitap.com
www.dipnotkitap.com

Katledilen ve Şiddet Mağduru Bütün Kadınlara...

İçindekiler

İçimizdeki Erkek

Cezaevindeki havalandırma avlumuz dikdörtgen şeklindeki beton bir kuyu gibi. Dört metreye sekiz metre kadar bir şey. Yürümekle bitirilebilecek gibi değil. Sabah başla yürümeye, akşama kadar bir yere varamıyorsun. İnsan olarak iki kişi kullanıyoruz burayı; ben ve Abdullah Zeydan vekilimiz. Ancak sadece bizim babamızın malı değil havalandırma, karıncalar ve örümceklerle müşterek yararlanıyoruz. Daha doğrusu cezaevi onların yuvasının üstüne yapılmış da asıl ev sahipleri onlarmış gibi davranıyorlar bize. Çok da haksız değiller bu konuda aslında. Tabii biz de efendiliğimizi bozmuyoruz, karşılıklı saygıya dayalı bir ilişkimiz var.

Karınca kolonisinin muazzam işbirliğine dayalı azimli çabaları yaşama sevinci veriyor insana. Kesintisiz bir mücadeleyi coşkulu bir tempoda yürütüyorlar. Cezaevinin kasvetli köşelerinde sessiz sedasız, görkemli bir yaşam inşa ediyorlar. Örümcekler ise karıncalara göre daha soğuk yaratıklar. Pek hareket ettikleri yok. "Günaydın," diyorsun mesela, adam iplemiyor bile. Yani ipliyor da, iplerini hep ağ örmek için kullanıyor.

Bir de serçeler var tabii. Çatının kenarında buldukları açıklığa yuva yapmış bir çift serçe. Yuvaya gagalarında günlerce çalı çırpı taşıdılar. Ve gerçekten de dişi olanı daha çok çalışıyordu. Erkek olanı ise arada bir gagasında ufak bir dal parçasıyla ortalıkta dolaşıyordu. Yuvanın girişindeki tel örgülere tüneyip artistlik yapıyordu en fazla. Tabii, günahını almayayım, belki de görevi oydu.

Yuvanın inşaatı on gün kadar sürdü. Bu arada biz de pencerenin kenarına su ve ekmek kırıntıları koyarak kendilerine yardımcı olduk. Serçelerden dişi olanı bir ara, "Abi, Allah sizden razı olsun, bizim sünepeye kalsa yemek işini hayatta halledemez, bir de yemekle uğraşmak zorunda kalırdım," dedi. "Bana mı söylüyorsun bacım?" dedim şaşkınlıkla. "Evet, size söylüyorum, anlayabiliyor musunuz beni?" dedi. Kulaklarıma inanamadım gerçekten. Çocukken yarım yamalak öğrendiğim kuşdilini unutmamışım demek ki. "Lafı mı olur hanımefendi," dedim, "inşaattır taşınmadır derken bir de yemekle uğraşmayın, diye düşündük. Bir ihtiyaç olursa çekinmeyin lütfen. Komşuyuz burada nihayetinde," diye de ekledim. "Sağ olasın abi," dedi. Biz böyle konuşurken erkek olanı yuvadan çıktı. "Kimle konuşuyorsun kız sen?" dedi eşine. "Hiç," dedi dişi olanı. "Yemek için teşekkür ettiydim komşuya." "Gir içeri!"

diye bağırdı kadının yüzüne erkek serçe; mesele uzamasın diye sineye çekip yuvaya girdi hanımefendi. Beriki ise bana dik dik bakıp, "Buyur kardeş, bi şey mi vardı?" diye sordu dayılanarak. "Yok abi, ben yengeye hani bi ihtiyaç"... "Taam uzatma, varsa bi mesele bana söylersin," dedi sertçe. "Oldu abi, o zaman size iyi günler," deyip yavaşça kapadım pencereyi.

Birkaç gün sonra yengenin doğum yaptığını anladık: yuvada iki yumurta vardı. Bizim komşuların ikizleri olacaktı, çift yumurta ikizleri. "İnşallah çocuklar babalarına çekmezler," dedim içimden.

Normalde cezaevinde çiğ yumurta bulundurmak yasaktır. Lâkin pişmişinden de yavru çıkmıyor. Anlaşılan hayat yasakların içinden boy verecekti burada da. Bu arada yenge hanımın hamile haliyle çalışıp yuvayı yaptığı anlaşılıyor. Beyefendi etrafa posta koysun anca.

Geçen sabah serçelerin abartılı gürültüsüyle uyandım. Havalandırma kapımız henüz açılmamıştı. Üst kat penceresinden yuvayı daha iyi görebiliyoruz. Kalktım, ne oluyor diye camdan baktım. Bir feryat figan ki kulakları sağır edecek gibi. Sanırsın bir yerde gösteriye müdahale başlamış, "Kaz atmayın, kaz atmayın," diye birisi bağırıyor[1]. Dört erkek serçe yuvanın etrafını sarmış, bir ağızdan cikcikleyip duruyorlar. Komşumuz çift de canhıraş bir mücadeleyle yuvalarını korumaya çalışıyorlar.

[1] Yazar, burada Sırrı Süreyya Önder'in aksanı nedeniyle gaza kaz demesine atıf yapmaktadır (y.n).

Gürültüden anladığım kadarıyla gelenler "devlet kuşu"ydu. Tüylerini kabartışından amirleri olduğu anlaşılanı, "Bak kardeşim, ruhsat olmadan yuva yapmışsınız, lamı cimi yok, ya yuvanızı yıkacağız ya da yumurtadan çıkınca bir yavruyu ceza olarak kuş devletine vereceksiniz!" diye resmi bir tonda bağırıyordu. Diğer üç devlet kuşu da "Evet evet, vereceksiniz" diye amirlerini onaylıyordu. Dişi kuş yuvanın girişinde kanatları yarı açık şekilde, "Benim canımı almadan ne yuvamı ne de yavrularımı alabilirsiniz," diye kararlı bir şekilde direniyordu. Erkek arkadaş ise "Evet, Hanım doğru söylüyor, O'nun canını almadan yavrumuzu bizden alamazsınız," diyerek itiraz mı rica mı olduğu pek anlaşılmayan bir tonu tercih etmişti.

Amir ve yıkım ekibi çemberi iyice daralttılar. "Sizi bir daha uyarmayacağım," dedi amir. "Hükümetin emirlerine biat etmezseniz ikinizi de hapse attırırım." Bunun üzerine komşu çift aynı anda dönüp bana baktı, göz göze geldik. "Ne diyon komşu, ne yapak şimdi?" der gibiydiler. "Valla, direnin bence," dercesine baktım. Dişi olanı "Son nefesime kadar direneceğim!" diye bağırdı cesurca. Erkek olanı daha gür bir sesle "Son nefesine kadar diren Hanım!" diye ekledi. Dişi kuş bir an bile tereddüt etmeden kafa göz daldı resmiyete. Tel örgülerin arasında inanılmaz bir kargaşa, tam bir kaos yaşanıyordu. Dört devlet kuşuna karşı bir dişi kuşun direniş destanı yazılırken erkek arkadaş kenardan sürekli, "Amirim bi dakka, amirim bi dakka, olay çıkarmaya gerek yok. Zaten iki çocuk fazla gelir bize," diyerek, yalvarır gibi zıplıyordu. Bir ara kavganın ortasında dişi kuş erkeğe öyle bir bakış attı ki erkek olanı tüylerinin içine saklanıp kuşbaşı kadar kaldı. Abartısız söylüyorum, neredeyse on dakika boyunca dişi kuş, tek başına direne direne, dört resmi kuşu havalandırmadan kovdu. Dakikalarca yaşanan şiddetli saldırıya rağmen dişi kuşun yuvayı ve yumurtalarını koruma azmi gerçekten inanılmazdı. Kof kabadayılık taslayan hemcinsim bana bakıyordu. "Hiç bakma öyle bana Hamza kardeş (bu arada adını Hamza koydum), önce içindeki erkeği felan öldürmen lazım," dedim. Hamza boş boş baktı bana, bir şey demedi şimdilik. Yeni bir gelişme olursa yazarım artık.

Seher

Seher ablalarının yoğurduğu kınayı gece yatmadan önce avuçlarına sürüp eski çoraplarını eldiven gibi ellerine taktıktan sonra girdiler yataklarına Pınar'la Kader. Biraz sonra Seher de gelip uzandı yer yatağındaki kardeşlerinin yanına. Mutluluktan uyku tutmuyordu gözlerini bayram sabahına uyanacaklar diye. Pınar, yeni elbisesini düşünmekten alamıyordu kendini. Ona ilk defa yeni bir elbise alınmıştı, şimdiye kadar hep Kader'in küçülen elbiseleriyle yetinmek zorunda kalmıştı. Kendini yeni elbiselerin içinde düşündükçe içi içine sığmıyordu. Kader'e de yeni ayakkabı alınmıştı bayramlık niyetine. Onun hali de Pınar'dan farklı değildi. Kıkırdayıp durdular yorganın altında gece yarısına kadar. Seher ablalarının kızmalarına da aldırmadılar. Hoş, ablalarının kızmasının yalancıktan olduğunu bilmiyor değillerdi. Kıyamazdı onlara Seher ablaları. Sonunda, ikisi de bitkin düştükten sonra, ablalarına sarılıp uyudular.

Seher'in uykusunu kaçıransa başka bir şeydi. Hayri'nin pastanede buluşma teklifini kabul etmişti. Aynı konfeksiyon atölyesinde çalışıyorlardı Hayri'yle. Arife günü olması nedeniyle yarım mesai yapmışlardı. Atölye çıkışı Hayri yanına yaklaşmış, utana sıkıla buluşma teklif etmişti. Aslında nicedir bekliyordu Seher bu teklifi. Uzun zamandır atölyede gizliden gizliye bakışıp duruyorlardı. İşyerinde dedikoduları çıkmıştı bile. Hiç kimsenin gözünden kaçmazdı atölyede böyle şeyler.

Seher de evlilik çağının gelip geçtiğini düşünüyordu. Yirmi iki yaşındaydı. Evde kalma korkusunu zaman zaman hissetmeye başlamıştı artık. Onun yaşıtları on sekizine gelmeden evlendirilmiş, çoluk çocuğa karışmışlardı. Gerçi Seher'in de bir iki isteyeni olmuştu ama o istememişti. Hayri'ye kanı kaynamıştı işte. Uzun boyu, dalgalı saçları, kalın dudaklarıyla yakışıklı bile sayılırdı Hayri. Neredeyse sekiz aydır aynı yerde çalışıyorlardı. Aslında kendisi dört yıldır bu atölyede işçiydi. Hayri ise askerliğini bitirdikten sonra burada çalışmaya başlamıştı.

Tatlı bir telaşın evde yarattığı gürültüyle sabah erkenden uyandılar. Seher'in babası Gani, kendisinden üç yaş büyük abisi Hâdi ve on beş yaşındaki kardeşi Engin, bayram namazı için evden çıkıyorlardı. Onlar çıktıktan sonra Pınar ve Kader lavaboya koşup ellerindeki kurumuş kınayı yıkadılar. Bayram sabahının verdiği enerji dışında hiçbir şey küçücük çocukları sabahın köründe bu kadar canlı ve neşeli kılamazdı. Seher de yaktığı kınayı yıkadıktan sonra bacılarına yardım etti, iyice temizlediler kınaları. İkisinin de elleri nar gibi kızarmıştı. Minicik avuçlarını koklayıp koklayıp öptü Seher ablaları. Anneleri Sultan ise mutfağa girmiş, kahvaltı hazırlığına başlamıştı bile. Erkekler camiden döndüğünde kahvaltı hazır olmalıydı. Seher, annesine yardım için mutfağa giderken küçük afacanlar da bayramlıklarını giymek için odaya koştular. İki ayrı odada serili yer yatakları çarçabuk toplanmış, yer sofrasında kahvaltı hazırlanmıştı. Bayram günleri dışında hiçbir zaman bütün aile birlikte kahvaltı yapmazdı. Erkekler camiden dönünce önce hepsi bayramlaştılar. Sultan Ana dahil hepsi Gani Baba'nın elini öptü önce. Babaları ise sadece Pınar ve Kader'i kucaklayıp öptükten sonra bayram harçlıklarını verdi. Sonrasında çocuklar annelerinin elini öperken Sultan Ana uzun uzun sarılıp öptü bütün çocuklarını. Kardeşler de birbirleriyle öpüşüp bayramlaştılar. Pınar ve Kader büyük abileri Hâdi'den de bayram harçlığı kopardılar. Seher de kızdığını bilmesine rağmen küçük kardeşi Engin'e sarılıp uzun uzun öptü. Normalde Engin kıyameti koparırdı ama hem bayramdı hem de sarılıp öpen Seher ablasıydı. Çok severdi ablasını, ablası da ona ayrı bir düşkündü, her zaman üzerine titrerdi. Seher cüzdanından para çıkarıp Engin'in bayram harçlığını da kendisi verdi. Engin önce almak istemedi ama ablası ısrar edince sıkıca sarılıp öptü, sonra da aldı harçlığını. Bütün aile keyifli bir sohbet eşliğinde yaptılar kahvaltılarını.

Öğlene kadar komşularla karşılıklı bayram ziyaretleri tamamlanmış, evin erkekleri ayrı ayrı çıkıp dışarı gitmişlerdi. Seher'in Hayri'yle buluşmasına üç saat vardı fakat annesine dışarı çıkacağını hâlâ söylememişti. Sultan Ana çocuklarına çok düşkündü ama Seher'in yeri ayrıydı. Seher onun sadece kızı değil, can yoldaşı, sırdaşı, dert arkadaşıydı. Seher'e karşı diğer çocuklarına olmadığı kadar toleranslıydı. Bir iki tembihten sonra uğurladı kızını, nereye gittiğini sormadı ama tahmin edecek kadar tanıyordu Seher'i.

Adana Adliyesi'nin karşısındaki pastanede Hayri'yle buluştular. İçeri girdiğinde Hayri tek başına bir masada oturuyordu, kalktı elini sıktı Seher'in. "Hoş geldin, bayramın mübarek olsun," dedi. Seher de "Hoş bulduk, senin de mübarek olsun," diye karşılık verdi titreyen sesiyle. Heyecandan ter basmıştı Seher'i. İlk defa biriyle buluşuyor, ne yapacağını, nasıl davranacağını hiç bilmiyordu. Yıllardır evden işe, işten eve gidip gelmekten ibaretti hayatı. Atölyedeki kızlar zaman zaman anlatırlardı böyle şeyleri ama bizzat yaşamak başka bir şeydi. Neyse ki Hayri oldukça rahattı. Seher'in kalp atışları normale dönünceye kadar havadan sudan konuştu Hayri. Sonra biraz kendi ailelerinden ve geçmişlerinden konuştular. Konuştukça açıldı, rahatladı Seher. Sanki yıllardır Hayri'yle birliktelermiş gibi güvende hissetti kendini. Bunda elbette Hayri'nin payı büyüktü. Konuşmasıyla adeta büyülemişti Seher'i. Belli ki Hayri bu konularda deneyimliydi. Ama olsun, normaldi, sonuçta erkekti Hayri. Tabii ki başka kızlarla da görüşmüş olabilirdi. Önemli olan şu an kendisiyle bu kadar güzel ve etkileyici konuşuyor olmasıydı. Hayri konuşurken başını öne eğiyor, Seher de fırsattan yararlanıp iyice inceliyordu onu. İki saatin sonunda pastaneden çıkıp vedalaştıklarında Seher'in ayakları yere basmıyordu, galiba âşık olmuştu. Şakirpaşa'daki evlerine yürüyerek döndü. Yol boyunca Hayri'den başka bir şey düşünemedi.

Bazen yanaklarının kızardığını hissediyor, bazen de başı dönüyordu. Bu yasak ve gizli buluşmanın büyüsü eve yaklaştıkça yerini korkuya bıraktı. Babası ve Hâdi abisi duysa bacaklarını kırarlardı. O yüzden dikkatli olmalı, hiç kimseye bir şey fark ettirmemeliydi. Annesine bile açılmayı göze alamazdı şimdilik. Eve vardığında erkekler henüz dönmemişti. Annesi de bilerek bir şey sormadı, günü gelince anlatırdı kızı nasıl olsa.

Erkenden yatakları serdiler, Pınar'la Kader günün yorgunluğundan bayılır gibi uyudular hemen. Seher de uzandı yanlarına ama saatlerce Hayri'yi düşünüp hayaller kurdu. Düğününü düşündü, gelinliğini... ev eşyalarını dizdi yerlerine, evlerinde Hayri'yle başbaşa düşündü kendini, utancından yanakları al al oldu. Ne zaman uykuya daldığını fark etmedi bile.

Sabah kahvaltıda yine bütün aile bir aradaydılar. İlk günün neşesi yoktu ama yine de keyifliydi aile. Seher o kadar dikkatliydi ki biriyle buluştuğunu olur da anlarlar diye hiçbirinin yüzüne bile bakmıyordu. Sofrada birbirinin yüzüne bakamayan iki kişi daha vardı. Gani Baba ile Hâdi Abi. Dün gece Adana genelevinde karşılaşmışlar, birbirlerini görmezden gelerek geçip gitmişlerdi. Ama ikisi de birbirini gördüklerinin farkındaydı. Bu gibi durumlarda erkekler arasında yapılan zımni anlaşma gereği böyle bir şey yaşanmamış gibi davranacaklardı. Yine de kahvaltıda birbirlerinin yüzüne bakmamış, tek kelime dahi konuşmamışlardı. Bir yıldır nişanlı olan Hâdi'nin bu yaz yapılacak düğününe dair sohbetler ise iyice bunaltmıştı ikisini de.

Bayram sonrası işbaşı yaptıklarında Seher'in yüreği kıpır kıpırdı. Gün boyunca gözünü Hayri'den ayıramamış, öğlen de yemekhanede aynı masada oturmuşlardı. İşyerindeki diğer erkeklere bakınca kendini şanslı hissediyordu. Çünkü en yakışıklıları, en iyi kalplileri Hayri'ydi ve Hayri bunca kızın içinden onu seçmişti. Bir peri masalının içindeymişçesine saatler geçmesin istiyordu. Akşam mesai bitince birlikte çıktılar atölyeden. Seher vedalaşmak isterken Hayri utangaç bir edayla, "Arkadaşlar arabayla beni almaya gelecekler, istersen seni de eve bırakalım," dedi. "Zahmet etmeyin," dedi Seher. "Ne zahmeti, zaten sizin oraya doğru gidiyoruz," diyerek ikna etti Seher'i. "Tamam o zaman, ama sokağın başında bıraksanız yeter," dedi Seher. Kaygısını anlamış gibi, "Tabii ki, nerede istersen orada bırakırız," dedi Hayri.

Hayri arkadaşlarıyla tanıştırmadı arabaya bindiklerinde. Sadece selamlaştılar birbirleriyle. Arabayı kullananla önde oturan arada bir fısıldaşarak konuştular. Hayri de pek konuşmadı Seher'le, nereye gideceklerini de söylemedi şoför olana. Ana caddeden Balcalı Kavşağı'na saptıklarında hava kararmıştı. Seher telaşla atıldı, "Yanlış gittiniz, ben Şakirpaşa'da oturuyorum," dedi. "Merak etme, baraj yolunda bir tur atıp hava alalım dedik, sonra eve bırakırız seni, hem biraz değişiklik olur," diyerek rahatlatmaya çalıştı Hayri. "Ama fazla geç kalmayalım, evden beklerler beni," dedi Seher, tedirgin bir şekilde.

Bir müddet gittikten sonra aniden ormanlık bir yola saptı araba. Seher'in kalp atışları hızlandı. Ormanlık alanda biraz ilerledikten sonra durdular. "İnip biraz hava alalım, orman havası iyi gelir," dedi Hayri. "Hayır, ben inmek istemiyorum, hemen eve gitmem lazım," dedi Seher, ürkmüş bir halde. Hayri kolundan sıkarak dışarı çekti Seher'i. "İnmeyeceksen ne diye bindin arabaya lan!" dedi bağırarak. Seher bu sesin Hayri'den mi yoksa diğerlerinden mi çıktığını anlamadı. Bu ses Hayri'nin sesi olamazdı. Diğer ikisi de arabadan inip geldiler yanlarına. Biri beline sarıldı Seher'in, diğeri saçlarını avuçladı. Hayri'nin de yardımıyla yere devirdiler. Biri ayaklarını, diğeri ellerini tuttu bileklerinden. Nefes alamıyordu, bağırmak istedi ama sesi çıkmıyordu boğazından. Dünya durmuştu, her şey durmuştu, bir tek Hayri hareket ediyordu.

Bir kaldırımın kenarında kendine geldiğinde önce rüyada olduğunu sandı, uyanmaya çalıştı ama uyanıktı. Üstü başı yırtılmış, bacakları kan içindeydi. "Bir araba çarptı bana galiba," diye düşündü. Öyle olmalıydı, aklına gelen şey olamazdı, araba çarpınca bayılıp kâbus gördüm herhalde, diye geçirdi içinden. Sokak çok sakindi. Küçük sanayi bölgesinde bir yerdi, tam olarak nerede olduğunu çıkaramadı. Araba seslerine, ana caddeye doğru yürüdü. Caddeye çıkınca nerede olduğunu anladı. Eve yakın bir yerdeydi. Yürümeye başladı, hiçbir şey düşünmemeye çalışıyordu. Kapıyı annesi açtı, açar açmaz acı bir çığlık attı, sarıldı, sonra sordu durmaksızın: "Ne oldu kızım sana? Ne oldu yavrum?" Konuşamadı Seher, sesi boğazında düğümlendi.

Evin erkekleri henüz dönmemişlerdi. Semt pazarında sebze tezgahları vardı, sabah erken çıkar, akşam geç dönerlerdi. Banyoya götürdü annesi Seher'i. Pınar'la Kader korkulu gözlerle baktılar ablalarına. Kızının kıyafetlerini çıkarıp vücudundaki morlukları, kanları görünce gözyaşlarını tutamadı Sultan Ana. Kızının saçlarına gömdü yüzünü; ağladı, ağladı... Tas tas sıcak sular döktü kızına; gözyaşları dinmedi, karıştı suya. Gözyaşlarıyla yıkadı kızını, saçlarını tarayıp tarayıp yeniden yıkadı. Seher kendine gelir gibi oldu, yürek yakan bir feryat duyuldu, saatlerdir Seher'in boğazından çıkan bu ilk ses bütün sokağı inletti. Ana kız birbirlerine sarıldılar; olanlara, olacaklara ağladılar, ağladılar...

Seher'i kurulayıp pijamalarını giydirdi, yatağına yatırıp yorganını örttü, başucunda oturup saçlarını okşarken dualar okudu annesi. Pınar'la Kader bir köşeye sinmiş halde izlediler olanları. Seher uyudu. Tatlı, huzurlu bir uykuydu, annesinin kucağındaki bebek gibiydi, yüzünde yorgunluk vardı sadece. Kızını yavaşça bırakıp kalktı annesi, küçük kızları da alıp sessizce çıktı odadan.

Biraz sonra kapı çaldı sertçe. Gelenler evin erkekleriydi. Komşular arayıp haber vermişlerdi. Kimi Seher'i kanlar içinde sokakta gördüğünü, kimi evden gelen çığlıkları anlatmıştı. Telaşla koşmuşlardı eve. "Seher'e ne oldu?" diye sordu Gani Baba. "Şimdi uyuyor, iyidir," diye geçiştirdi Sultan Ana. "Ne olmuş peki?" diye tekrar sordu baba. "Ne olmuşsa olmuş artık," dedi başını dik tutarak Sultan Ana. Baba ve Hâdi donup kaldılar, Engin ne olduğunu anlamadı. Gani Baba, Hâdi'ye dönüp ikiletmeden, "Amcalarını ara, hemen gelsinler," dedi. Sultan Ana yalvardı, "Bu saatte kimseyi aramayın, sabah ola hayrola," diye. "Bu işin hayrı şerri yok," dedi baba, "olacakla öleceğe çare yoktur," diye de ekledi. Ayaklarına kapandı Sultan Ana kocasının, "Benim yavrum günahsızdır Gani, kıyma yavruma," diye dil döktü ama en küçük bir yumuşama belirtisi göstermedi kocası.

Çok geçmedi, Seher'in aynı mahallede oturan iki büyük amcası geldi eve. Erkekler bir odaya kapanıp tartıştılar bir müddet. Sultan Ana kızının yanından ayrılmadı, saçlarını öpe koklaya, ağlayarak, sessizce oturdu başucunda. Amcalar hiçbir şey demeden çıkıp gittiler. Hâdi girdi Seher'in uyuduğu odaya, "Sen dışarı çık ana," dedi. "Çıkmam oğlum, kızımı bırakmam, nereye götürüyorsanız beni de beraber götürün," diye kararlı bir şekilde meydan okudu Sultan Ana. "Sen araya girme ana, bu senin işin değil, namus bizim namusumuzdur," dedi Hâdi. "Sizin namusunuz batsın," diye bağırdı Sultan Ana, "benim kızım günahsızdır, uzak durun kızımdan." Seher yarı baygın bir şekilde gözlerini açtı, abisiyle göz göze geldiler. İkisinin de gözleri doldu ama Hâdi yüzündeki sert ifadeyi bozmadı. Anladı Seher her şeyi, kalktı yavaşça banyoya girip giyindi. Giyindikten sonra anasının yanına döndü, vedalaşmak için abisinden izin istedi. Odadan çıktı Hâdi. Seher anasına sarıldı sıkı sıkı, ağlamaktan konuşamadılar. Pınar'la Kader de korkmuş, ağlıyorlardı. Seher küçük bacılarına defalarca sarıldı, kokladı, öptü, "Ablanızı unutmayın olur mu?" dedi. Ne olduğunu tam anlayamasalar da kötü bir şey olduğunun farkındaydı çocuklar, inmek istemediler ablalarının kucağından. Babaları seslendi dışarıdan, "Çık dışarı, gidiyoruz!" dedi. Sultan Ana kızını arkasına sakladı, "Önce beni öldürün," dedi sertçe. Kocası bir tokatla yere yıktı Sultan Ana'yı, "Çekil şurdan!" diyerek küfürler savurdu. Yerden kalkmadan ayaklarına atıldı kocasının, yalvardı, dövündü, paralandı, ama kâr etmedi, bana mısın demedi kocası... Seher'in yüzüne bile bakmadan eliyle kapıyı gösterdi. Başını öne eğip yürüdü Seher. Dışarıda bekleyen kamyonetlerine bindiler hep beraber. Komşuları perdelerini aralayıp sessizce izlediler Seher'in götürülüşünü.

Yol boyunca kimseden çıt çıkmadı. Seher, Engin'le birlikte arka koltukta oturuyordu, Engin'in elini sıkı sıkı tutmuş, bırakmıyordu. Engin, babasının korkusu olmasa ablasına sarılmak istiyordu. Şehir dışında boş bir arazinin kenarında durdular. Önce Seher indi, diğerlerinin inmesini bekledi. Güzel, duru yüzü ayışığıyla aydınlanmıştı. Babaları en önde, arkasında Seher, onun da arkasında Hâdi, en arkada Engin, tek sıra halinde arazinin içlerine doğru yürüdüler. Adana'nın ayazı toprağı dondurmuştu. Sert toprağa basarken çıkardıkları sesler dışında bir şey duyulmuyordu. Babaları durdu, arkadakiler de... Döndü Gani Baba, silahını çekti belinden, Engin'e uzattı. Başı yana düştü Seher'in, ilk defa metanetini kaybetti, "Baba, sana kurban olurum Engin'ime kıymayın, o daha çocuktur baba, hapislere dayanamaz, ben kendimi öldüreyim baba, bırak ben kendimi sana kurban edeyim, sen Engin'imi bana kurban etme baba," dedi yalvararak.

Gani Baba gözyaşlarına engel olmaya çalışarak, "Al oğlum, al Engin, bu iş burada bitsin," dedi sertçe. Engin uzandı aldı babasının elindeki tabancayı; şaşkınlığı ve korkusu yüzünden okunuyordu. Hava soğuktu, Engin çocuktu, tabanca ağırdı, titriyordu eli. Hâdi Abisi "Diz çök!" dedi Seher'e, duygularını gizlemeye çalışarak. "Müsade et, elini öpeyim baba," dedi Seher, bitkin bir halde. Elini uzattı babası, öpüp alnına götürürken "Hakkını helal et baba," dedi. Bir eliyle gözlerini kurulamaya çalışan babası zorlukla, "Helal olsun kızım, sen de helal et," diyebildi. "Helal olsun," dedi Seher. Döndü Hâdi abisine sarıldı; helallik istedi, put gibi sessiz, hareketsiz durdu Hâdi. Engin'e sarıldı en son, silahı yere bırakıp ablasına sıkı sıkı sarıldı Engin de. Defalarca öptü kardeşini Seher, saçlarının kokusunu derin derin ciğerlerine çekti, bırakmadı.

Diz çöktü yere Seher, silahı yerden aldı Engin, ablasının ensesinin üstüne dayadı namluyu, namlu titredi. "Ben sana kurban olurum Engin'im," dedi Seher. "Korkma, ablası kurban, hiçbir şeyden, hiç kimseden korkma, hapiste sağlığına dikkat et," diye yüreklendirdi küçük kardeşini.

Engin gözlerini sıkıca kapadı, "Seher Ablaaaa!" diye bağırdı, sesine silahın sesi karıştı, uzaktaki kavaklardan bir karga sürüsü havalandı. Yüzükoyun yere devrildi Seher, sıcak kanı Çukurova'nın donmuş toprağına değdi, aktı buzun üstünde, elinin kınasına karıştı.

Üç erkek, akşamüstü ormanda hayallerini çaldı Seher'in.

Üç erkek, geceyarısı boş bir arazide canını aldı Seher'in.

MUSTANG

Temizlikçi Nazo

Şu gördüğünüz Reno Sıteyşın bizim mahallenin arabası, içindekiler de mahalleden çocuklar. Halime Teyze'nin oğulları bunlar. Direksiyondaki en büyük oğlan Yusuf, üçü Yusuf'un kardeşleri, biri de amcaoğulları Muhittin, bagajdaki bücürük ise Muhittin'in oğlu Süleyman. Alçı kartonpiyer işi yaparlar, bagajdaki malzemeler onun için. İş buldular mı zehir gibi çalışırlar, çok da iyi bir ekiptirler. Ellerinde sürekli iş olmaz ama. İşi Yusuf bulur, taşeronların çoğu tanır Yusuf'u, sağlam delikanlıdır. Ortaokul terktir, mahalleden Süheyla'yla nişanlıdır. Süheyla, Orhan Amca'nın kızıdır, Orhan Amca emekli hademedir. Yeşil yandı bu arada, hareket ettik. Süleyman son anda fark etti, bagajdan el salladı bana. Ben de el salladım halk otobüsünün içinden.

Benim adım Nazan. On sekiz yaşındayım, ortaokulu bitirdim ama liseye gidemedim. Benden küçük iki kardeşim var. Anam büyüttü bizi. Babam Mamak Belediyesi'nde çalışırdı, ben beş yaşındayken öldü. Çok iyi bir motor ustasıymış, belediyenin makina atölyesinde bakıma alınan bir otobüsün altında çalışırken kriko yan yatmış. Babam öldüğünde annem sekiz aylık hamileydi. Babamdan yetim maaşı kaldı bize, bir de otomobil dergileri. Çok meraklıydı arabalara. Her ay araba dergisi alır, gazetelerden araba fotoğrafları kesip biriktirirdi. Hayalindeki araba siyah bir "Mustang"di. Afişini mutfakta duvara yapıştırmıştı. Hep, bir gün mutlaka bir araba alacağım dermiş anneme. "Mustang" afişini hiç sökmedi yerinden annem, halen durur. Babamdan kalan araba dergilerini okuyarak büyüdüm, arabalara merakım ordan gelir.

Annem evlere temizliğe giderdi, yetmezdi çünkü yetim maaşı. Ortaokuldan sonra ben de bazen annemle birlikte temizliğe gitmeye başladım. Kardeşlerim Nebile ve Gülbahar'ı komşumuz Hasret Teyze'ye bırakırdık böyle zamanlarda. Temizlik işini iyice öğrenince anneme, "Sen gitme artık, ben çalışacağım," dedim. Bir yıldır evlere temizliğe gidiyorum.

Bizim ev Mamak'ta, gecekondu mahallesinde. Burada herkes tanır birbirini. Yoksuldur herkes, ama yoksulluğu sırıtmaz kimsenin. Daha çok şehre indiğimizde yoksulluğumuz çarpar yüzümüze. Temizliğe giderken halk otobüsüne binerim. Cam kenarında otururum mutlaka. Arabaları ve içindekileri izlemek gibi bir takıntım vardır. Kırmızı ışıkta ya da ağır ilerleyen trafikte arabaları izleyerek geçiririm yolculuğu. Mesela, şu anda yanımızda duran 86 model Fargo kamyonetteki Haydar Amca'dır. Yük taşır, bulursa tabi. Mahalleden ana caddeye açılan sokağın köşesinde bekler sürekli. Çorumludur, iki kızı var, üniversitede okuyorlar. Karısı Besime Abla yatalaktır, araba çarptı üç yıl önce. Çarpan adam öylece bırakıp kaçmış, öldü deyi. Kızlarından biri geçen yıl gözaltına alındı, eylem yapmışlar okulda, Madımak için. Yeşil yandı.

Bizim mahallenin insanları da arabaları da bellidir. Birbirine benzerler. Hepsi yorgundur, emektardır, fakirlik kokarlar, boyaları dökülmüştür, saçları sakalları dağınıktır, eski modeldirler, iki elle tutarlar direksiyonu, direksiyon ekmek kapısıdır. Ana caddeye çıktığınızda arabalar da içindekiler de farklılaşır. Memur olanı vardır, işadamı olanı da; kadın şoförler vardır, yakışıklı çocuklar da. Arabalar daha yenidir bizim mahalledekilere göre. Bakın mesela, şu yanımızda giden gri Passat'taki adamla kadın... İkisi de çalışıyor muhtemelen. Kadın bankada çalışıyor olabilir, adam da bir yerlerde müdürmüş gibi. Önce kadını bankaya bırakacak, sonra da işe gidecek. Uzun süredir evliler galiba, mecburen aynı arabadalarmış gibi duruyorlar. Arada bir, kısa birkaç kelime konuşuyorlar, birbirlerine bakmadan. Evlilikleri de mecburiyete dönmüş. Araba krediyle alınmıştır, taksitleri beraber ödüyorlar fakat adam arabanın sahibi gibi davranıyor, direksiyonda olmanın avantajı işte. Trafik açıldı, yanımızda beyaz bir Şahin var şimdi. Kötü modifiye edilmiş. İçindeki dört genç bizim mahalleden değil ama bizim cenahtan. İşe gidiyorlar belli. Haftasonları hava atmak için mahallede turlayan cinsten gençler. Karşı şeritte, kırmızı ışıkta bordo bir BMW 7.40 duruyor, muhteşem bir araba. Temizliğe gittiğim evin sahiplerinde de bunun aynısı var. Plakaları bile aynı. Bi dakka ya! İçindeki de Murat Bey zaten. Ama yanındaki kadın eşi Sevgi Hanım değil. Şirketten arkadaşı falan herhalde. Aman Allahım! Dudaklarına öpücük kondurdu kadının. Yeşil yandı.

Yanlış gördüm galiba, ya da en iyisi ben bir şey görmedim. Sevgi Hanım doktor, acil uzmanı. Murat Bey'in de inşaat firması var. Dört yıllık evliler, çocukları yok ama birbirine çok düşkünler, öyleydiler yani. Kızılay Meydanı trafiğe kapatılmış. İndim otobüsten, yürüyorum mecburen. Kızılay'dan tekrar halk otobüsüne binmem lazım. Çukurambar'da bir rezidansın 13. katında oturuyor Sevgi Hanımlar. Haftada iki gün temizliğe gidiyorum. Sağ olsunlar, emeğimin hakkını fazlasıyla veriyorlar.

Kızılay'da gösteri var galiba, gaz atmışlar, kokusu buraya kadar geliyor. Gözlerim yanmaya başladı, nefes almakta zorlanıyorum giderek. Etrafımdaki herkes boğulacakmış gibi öksürüyor, sağa sola kaçışıyorlar. Ben de kaçsam mı acaba? Karşıya geçip ara sokaklardan geçeyim en iyisi. Birden kafama sert bir darbe indi, kafam ikiye yarıldı muhtemelen, yere düştüm, boğuluyorum bir yandan. Evet, her şey buraya kadarmış anlaşılan. Tamam da, niye ölüyorum ben şimdi? Kim öldürüyor beni? Neyse artık, geride kalanların meselesi bu sonuçta. Yüzükoyun yere kapaklandığım için burnum da kırıldı sanırım. Caddenin ortasında oturmuş öylece izliyorum olanları, gerçek olamayacak kadar hakiki. Burnumdan akan kan ağzıma doluyor. Saçlarından sürüklenen kadınlar, copların altında slogan atmaya çalışan gençler, taş atanlar, pankartların sopalarıyla kendini korumaya çalışanlar, panzerler, sıkılan sular, sirenler, sirenler...

Ambulanstayım şimdi, oksijen maskesi var yüzümde. Başka yaralılar da var ambulansta. Ama hepsi ayaktalar, bir tek ben yatıyorum sedyede. Üç sağlık görevlisi var, biri doktor galiba. Sağlık memurlarından biri jöleli bir oğlan, yakışıklı sayılmaz. Maaşını fiyaka için harcıyor belli ki, arabası yok muhtemelen, bol jölesi var. Kadın olan sağlık memuru ise daha sade biri. Bir yandan işini yapıyor, bir yandan saydırıyor bizi dövenlere. Sendikacı belli ki, yüzü öfkeli ama gözleri sıcak. "İyi misin?" diye soruyor arada bana. Başımı sallıyorum, "iyiyim" anlamında. Arabası yok ama evli, kocasının arabası olabilir belki. Doktor ise iki sağlıkçıdan daha genç bir kadın. Sağlıkçılar ona sürekli "Doktor hanım, doktor hanım!" diyorlar ama belli ki panikten doktor olduğunu unutmuş o anda. Bekar ve arabasız gibi duruyor. Sendikacı olan serinkanlı bayağı, ambulansın patronu o.

Geldik sanırım, ambulansın kapısı açıldı, sedyeyle indirdiler beni, acile giriyoruz koşar adım. Sedyeyi iki yanımdam tutan çocuklar oldukça rahatlar. Bizim mahalleden değil, bizim cenahtanlar. Sanırsın doğduklarından beri sedyeyle acil hasta taşıyorlar. İkisi de bekar, birinin elden düşme bir motoru olabilir. Her gün acilde bir sürü vakayla karşılaşınca alışıyorlar demek ki. Sağa sola bağırmadaki edalarına bakarsanız profesör doktor zannedebilirsiniz. Buranın patronu da bunlar herhalde. Acil servis çok kalabalık; bağıran, inleyen yaralılarla dolup taşmış. Bu iki "profesör" beni hop diye kaldırıp bir yatağın üstüne bırakıyor, sonra sedyeyi alıp geri koşuyorlar.

Bir müddet öylece bekledim yatakta. Elimi kafamın arkasına götürdüm, muhtemelen beynim akmıştır. Bir parça kanlı beyin görmeye hazırlanarak baktım elime, temizdi. Bir daha yokladım iyice, evet yarılmamıştı kafam ama avucumu dolduracak kadar şişmişti.

Önlüklü, kızlı erkekli sağlıkçılar üşüştüler başıma. O kadar koştur koştur hareket ediyorlardı ki kim kimdir anlayamadım bile. Hepsi de çok gençti, kesin arabası olmayan bekar tıp öğrencileriydi. "Hocam, bu hasta da kafasına darbe almış, burnunda da kırık olabilir," dedi gençlerden biri. "Hocam" dedikleri kadın doktor, beyaz önlüğüyle eğilip kafamı, yüzümü yokladı. Göz göze geldiğimizde "Sevgi Hanım!" diye bağırdım. Şaşkın gözlerle baktı bana, "Kimsin? Tanıyamadım," dedi. Demek tanınmayacak haldeyim, yoksa tanırdı beni. "Benim, Nazan!" dedim. "Aman Allahım, Nazan! Ne oldu sana böyle?" diye bağırdı. İki elimi açarak, ne bileyim işte, der gibi yaptım. "Tamam anladım, hemen filme götürün," dedi. Filmlerim çekildi, geri getirildim. Sevgi Hanım filmleri başucumda incelerken "Neyse, ciddi bir şey yok; kırık, çatlak, iç kanama yok, ama bu gece müşahadede kalacaksın, yarın tekrar film çekip bakacağız. Şimdi pansuman yapıp serum takacaklar, ağrıların azalır birazdan," dedi. "Annem," dedim, "annemi aramam lazım." "Merak etme, ben haber veririm," dedi. O sırada ellerinde telsizlerle polisler girdi içeri. "Gösteriden getirilenler hangileri?" diye sordular acildekilere. Kimse cevap vermedi. Öfkelendi amirleri, "Buranın sorumlusu kim?" diye bağırdı. "Benim," diye öne çıktı Sevgi Hanım, kendini tanıttı. Amir tekrarladı sorusunu. "Biz bilemeyiz," dedi Sevgi Hanım, "bizim işimiz tedavi etmek, kimin kim olduğu bizi ilgilendirmez," diye de ekledi. Kızgın bir bakış attı amirleri Sevgi Hanım'a. "Bütün hastaların kimliklerini toplayın," diye talimat verdi diğer polislere. Sevgi Hanım araya girdi. "Burada işimizi yapmamıza engel oluyorsunuz, lütfen şimdi çıkar mısınız? Acil müdahale bitince siz de kendi işinizi yaparsınız," dedi. "Doktor hanımın da ismini alın," diye cevap verdi amir, tehditkâr bir havayla. Sevgi Hanım gelip yatağımın yanında durdu. Polislerden biri benden de kimlik isteyince, "O benim yanımda çalışan temizlikçi, temizlik yaparken merdivenden düştü," dedi. Polis ikna olmuş gibi baktı, çok gençti, bakışları yoksul gibiydi, arabası yoktu. Amirleri arkadan bağırdı, "Onun da kimliğini alın!" diye. Amirleri yoksulluktan geliyordu ama arabasıyla yoksulluğu biraz geçmişti, muhtemelen Ford Mondeo, ikinci el. Sevgi Hanım itiraz eder gibi oldu. "Dediğiniz gibiyse sorun olmaz doktor hanım, merak etmeyin," dedi amir, imâlı bir tonda. Sevgi Hanım bana döndü, "Telaşlanma, kimliğini ver, ben şimdi Murat'ı arıyorum, onun avukat arkadaşları var, hemen ilgilenirler," deyince, aklıma Murat Bey'in BMW'deki hali geldi. Kendimi unutup Sevgi Hanım'a üzülmeye başladım. Kimlikleri topladılar, acilin girişine iki nöbetçi bırakıp gittiler. Pansumandan sonra serum ve ağrı kesicilerle biraz rahatladım. Burnuma bandaj yaptılar, gözlerimin etrafının şiştiğini hissediyordum. Diz kapaklarım da yere düştüğümde sıyrılmıştı, feci yanıyordu.

Birkaç saat sonra amir ve adamları geri geldiler, benimle birlikte sekiz yaralıyı daha gözaltına aldılar. Sevgi Hanım çok itiraz etti ama dinlemediler. Polis dolmuşunda cam kenarında oturdum, yola çıktık. Yan tarafımızdaki Audi Q7'yi kullanan çocuk belli ki baba parası yiyordu. Müziğin sesini açmış, eliyle direksiyonda tempo tutuyordu. Özel bir üniversitede parayla okuyordu belki. Seneye cipinden bıkacak, Mercedes CLX isteyecekti, babası da alırdı herhalde. Hak ediyor çocuk, sonuçta bizim mahalleden değil ne de olsa. Yeşil yandı.

Geceyi emniyetteki bir hücrede tek başıma geçirdim. Uykuyla baygınlık arası bir kâbus gecesiydi. Sabahına, "Avukatın geldi," dediler. Murat Bey göndermiş, anlattım her şeyi avukata. "Tamam," dedi avukat, "merak etme, elimizden gelen her şeyi yapacağız, mahkemeden almaya çalışacağım seni." Avukat evliydi, bizim mahalleye hayatı boyunca uğramamıştı. Volvo S70'i vardı belli ki. "Ne demek mahkeme?" dedim, "benim mahkemelik bir şeyim yok ki!" "Elbette anlıyorum, fakat bugünkü gazetelerin manşetinde senin fotoğrafın var," deyip deri çantasından bir gazete çıkardı. Ön sayfada, "Vandallar!" manşetinin altında benim cadde ortasında, yüzüm kanlar içinde otururkenki fotoğrafım vardı. "İyi de, ben bir şey yapmadım ki!" dedim korkuyla. Avukat, emniyette susma hakkımı kullanmamı, savcılıkta her şeyi olduğu gibi anlatmamı istedi. Eğer tutuklamaya sevk edilirsem o arada tekrar görüşeceğimizi söyleyip elimi sıktı, gitti. Arkasından, "Anneme iyi olduğumu söyleyin lütfen!" diye bağırdım, eliyle tamam işareti yaptı. Kadın polis koluma girip tekrar hücreye götürdü beni. Polis bizim cenahtandı, annesi onu temizliğe gidip okutmuştu belki de, bekardı, araba hayalleri kuruyordu şimdilik.

İki gün sonra "Mahkemeye gidiyorsunuz," diyerek hücrelerden çıkardılar bizi. Benimle birlikte dört kadın daha vardı gözaltında. Polis otobüsünde cam kenarında oturdum. Otobüs doldu, hareket ettik. Ulus'tan Sıhhiye'ye doğru inerken yan taraftaki beyaz Ford Focus'u kullanan kadına takıldı gözlerim. İlaç mümessiliydi kesin. Şık giyimli, mini etekli, güneş gözlüğüyle "Ben başka bir mahallenin insanıyım," diyordu. Araba şirketindi. Bekardı kadın, yüzündeki mutluluk maskesinin altında gerçek bir dram vardı sanki. Araba gibi mutluluğun da şirketin emaneti olduğunu biliyordu. Yeşil yandı.

Savcı kısa sorular sordu, ben de kısa cevaplar verdim. Yoksulluğun kokusunu henüz üstünden atamamış genç bir savcıydı. Evliydi, ikinci el Nissan Almera'sı vardı muhtemelen. Yoksulluktan nefret ediyordu, arabasıyla hızla ondan uzaklaşmak ister gibiydi. Yüzüme sadece bir defa baktı. Avukatım da, "Serbest bırakılsın," gibisinden bir şeyler söyledi. "Dışarıda bekleyin," dedi savcı. Dört beş saat koridorda ayakta bekledik. Herkesin ifadesi bitince "tutuklamaya sevk" diyerek beni ve on beş yirmi kişiyi ayırdılar. "Ne tutuklaması ya?" diyerek ağlamaya başladım. Avukat beni teselli etmeye çalıştı. Az sonra hakimin karşısındaydık. Aynı soruları hakim de sordu, yine aynı cevapları verdim. Hakim evliydi, yoksulluğu unutmuştu, yeni bir Skoda Super B'si vardı sanki, deri koltuklu, siyah.

Akşamın karanlığını yara yara Sincan Cezaevi'ne doğru gidiyorduk. Polis dolmuşunda cam kenarında oturtmadılar beni, yol boyunca somurttum. Dolmuşta telsiz seslerinden başka bir şey duyulmadı. Cezaevine girişte kadın gardiyanlar üstümüzü çıkarmamızı söyleyip arama yaptılar. Hepsi bizim cenahtandı, yoksulluktan çıkamayacaklarını biliyorlardı. Araba hayali kurmaktan bile uzaktılar. Onların yoksulluğunun sebebi biz değildik ama yine de öyleymişiz gibi davranıyorlardı.

Altı aydır cezaevindeyim. Sekiz arkadaşız koğuşta, hepsi bizim mahallenin cevval kadınları. İki ay sonra mahkemeye çıkacağım. Annem her hafta görüşüme geliyor. Temizliğe gitmeye başlamış tekrar. Sevgi Hanım'ın selamları varmış. Annem ilk görüşlerde ağlıyordu ama şimdi daha iyi. Geçen hafta doğum günüm vardı. Arkadaşlar bisküviden yaş pasta yaptılar, araba şeklinde, çok güldük.

Ben babamın kızıyım. "Mustang" hayalleri külüstür bir belediye otobüsünün altında son bulan adamın. İşçi bir kadın olarak girdim buraya. Hayatım boyunca hiçbir eyleme katılmadım ama bizim mahallenin başka bir yüzüyle tanıştım burada. Belki çok kalmam cezaevinde ama bu altı ay bile kendimi tanımama yetti. Bir de önemli bir şey öğrendim burada; kararlı ve cesur bir şekilde yürürsen, bazen arabadan daha hızlı yol alabiliyorsun. Benim adım "Temizlikçi Nazo", bekle beni Ankara.

Bildiğiniz Gibi Değil

Kemendi boynuma geçirip hiç tereddüt etmeden tabureye vurdum tekmeyi. Tabure yerde taklalar atarken, gözlerimi tavana dikip tekrar tekrar düşündüm. Bütün hayatım bir film şeridi gibi gözlerimin önünden aksın diye bekledim ama öyle olmadı. Bu şekilde neredeyse on dakika geçti. Şeritlerin her bir karesinde onun gülen yüzü vardı. Sadece ondan ve aynı karelerden ibaret hayatım burada son bulacaktı, eğer yerde sırtüstü vaziyette uzanıyor olmasaydım... İnsan kendini yatay şekilde asamıyormuş. Bunu keşfetmiş olmak içimde yeniden bir yaşama isteği uyandırdı. Kalktım, kemendi çıkardım boynumdan. Günlük intihar girişimimi tamamlamış olmanın verdiği iç huzurla mutfağa gittim. Üç yumurta kırıp kahvaltı yaptım. Tıraş oldum, giyinip dışarı çıktım.

Asansörde, emekli mafya reisi Kadir Amca'yla karşılaştım. "Günaydın Kadir Amca," dedim, "Günaydın Musti, n'aber?" dedi. "İyidir be amca, ne olsun işte," dedim. "Biliyor musun Kadir Amca? Aslında ben az önce intihar girişiminde bulundum," demek geldi içimden. Sarılıp bana saçımı okşasın, şefkatini esirgemeyip merhametinden sunsun istedim. Ama demedim. Az önce intihar girişiminde bulunmuş biri gibi baktım sadece. Kendisi anlasın istedim. Bir şey demedi, kahroldum. Asansörden indikten sonra durdu, geri dönüp, "Senin gözlerinde bir şey mi var oğlum?" dedi. Ağlamamak için zor tuttum kendimi. "Yok be amca, ne olsun işte," dedim. "E, ne diye asansörde güneş gözlüğü takıyorsun dümbük?" dedi. Eşekten düşmüş karpuz misalindeki eşek gibi hissettim kendimi.

Amaçsızca dolaştım birkaç sokakta. Bugün işe gitmemek için geçerli bir sebebim var, dedim kendi kendime, işsizim çünkü. Son iki aydır öyleyim. İş dediğim de bir pizzacıda servis elemanlığı yapmak bir süre, yani bir günlüğüne. İşe başladığım gün servis motosikletini çaldırınca, "Sen bir daha gelme!" dediler. Ondan önce de hiç çalışmadım zaten. Sağ olsun, babam para gönderirdi her ay. Pizzacıda çalışmaya başlayınca, "Gönderme artık, gerek kalmadı," dedim. Ertesi gün arayıp işten atıldığımı söylemeye utandım. Babam beni halen pizzacı sanıyor. Daha doğrusu pizzacı dükkanı açtığımı sanıyor. Geçen hafta aradığında, "Oğlum hep sormayı unutuyorum da, pizza nedir?" dedi. Karlıova'da yayladalarmış, telefon iyi çekmiyordu, cızırtılar arasında, "Dış kaplama malzemesidir," dedim. "İyi," dedi, telefon kesildi. Biraz sonra yine aradı, "Dış kaplama nedir?" dedi, bir şey demedim, telefon kesildi.

Yürüye yürüye öylece Bernaların evinin önüne kadar geldim. Bu saatte evde olmaz Berna. Bankada çalışıyor, ya da bir banka için çalışıyor işte. "Buyrun beyefendi, size bir kredi kartı çıkaralım," dedi. "Yok," dedim. Israr da etti ama istemedim. "Bir kimlik fotokopisi yeter, gerisini biz hallederiz," dedi. Bu kez kıramadım, "Tamam," dedim, "Hayırlı olsun," dedi. Marketin girişindeki standda işlemleri çabucak halletti. Göğsündeki etikette "Berna" yazıyordu, oradan biliyorum ismini. O da benim ismimi biliyordur, fotokopisini çekerken kimliğime baktı bir ara. Yedi ay geçti üzerinden ama unutmamıştır kesin. Çok güzel güldü bana. Ertesi gün tekrar gittim görmeye, evine kadar takip ettim ama beni fark etmedi. Sonra marketin önünde göremedim birkaç gün. Bankaya gidip sordum, makineden sıra numarası alıp bekle, dediler. Sıram gelince yine sordum. Sen bir daha gelme, dediler. Bir daha da göremedim Berna'yı. Her gün evin önünde sabah akşam bekledim, rastlamadım bir türlü. Gülüşü bende kaldı.

Babam beni İstanbul'da inşaat mühendisliği okuyorum diye biliyor. Dört yıl oldu, bu yıl bitirmem lazım. Ama liseyi bitiremediğim için üniversite sınavına da girememiştim. Geçen sene köyde babam evin toprak damını yıkıp yeniden yaparken benim de fikrimi sordu.

"Oralara henüz gelmedik," dedim. Berna, "Mesleğiniz?" diye sorunca, "İnşaat mühendisi," demiştim. Kredi kartı cebimde hâlâ. İlk ay borcunu ödemeyince kapatıldı. Atmaya kıyamadım, naylon press kaplatıp cüzdanıma koydum. Geçen ay eve haciz memurları geldi. "Mustafa Bey siz misiniz?" dediler, "Buyrun," dedim. Evdeki eşyaları alıp götürdüler. Aslında Berna'yı bulsaydım niye ödemediğimi anlatacaktım, kıza da ayıp oldu.

Doğrusunu söylemek gerekirse ben düşündüğünüz gibi bir insan değilim. Ben Berna'dan önce Nergis'i seviyordum. Sevmek istedim yani. Nergis, karşı apartmandaki Gıyasettin Bey'in üniversitede okuyan kızıydı, halen de öyle. Bir kere sokakta karşılaştık, çok güzel güldü. Ben bir ara üniversiteye, Nergis'i görmeye gittim. Nergis'in dersten çıkmasını beklerken bahçede oturdum. İçimden, "Söyle Nergis, ben seni ne çeşit seveyim?" diye geçirdim.

Psikopatın mı olayım, ismini göğsüme jiletle mi kazıyayım? Daha bir kerecik bile elimi tutmamışken tokalaştığın her erkeğin elini kırayım. Okul çıkışında kapıda dikileyim, sana musallat olayım. Kolundan çekip, "Gel takılalım senle," diyeyim, araya giren arkadaşlarının suratına kafayı gömeyim. "Git başımdan be, bela mısın?" dedikçe ben daha çok belan olayım. Evinin önünde gece yarılarına kadar tünekleyeyim, sense pencereden gizli gizli bakıp hem ürküntü hem de hınzırca bir mutluluk duy. Polisi tak peşime, karakollara çeksinler beni, yediğim her dayakta ismini haykırayım, haykırdıkça daha da bağlanayım. Ya benimsin ya kara toprağın Nergis. Hayatı sana zindan edeyim, yaşama sevincini bitireyim. "Ne olur, bırak artık peşimi, seni sevemem, senden sadece korkuyorum. Hayatımı mahvettin, görmüyor musun?" diye ağladığında anlayayım acı gerçeği. Aşkımı jiletle bileklerime kazıyayım. Bir mektup bırakayım arkamda, okuyunca gözyaşlarına boğul, seni ne çok sevdiğimi o zaman anla. Elinde bir demet kır çiçeğiyle mezarıma gel, mezar taşımda "BANA MI GELDİN NERGİS?" yazılı olsun.

Söyle ne çeşit, Nergis?

İstersen okuldan el ele çıkalım her gün, sarmaş dolaş, kumrular gibi. Herkes bizi kıskansın, kavga etsin, ayrılsın bütün sevgililer bu yüzden. Ben sana "aşkım" diyeyim, sen bana "bitanem." Bir elmanın bizzat kendisi gibi olalım. Aynı evde yaşayalım sonra, uyurken ayrı kalma ıstırabına son verelim. Sana yazdığım şiirlerle süslü olsun duvarlarımız, peri masalı gibi geçsin her anımız. Birbirimize bakmalara doyamayalım, dünyanın en güzel kokusu olsun teninin kokusu. Ülkenin nüfusu ikiymiş gibi yaşayalım hayatı. Sonra sen bir gün bu nüfusun gerçekte üç olduğunu öğren. Ceyda diye bir kıza hediyeler yolluyormuşum. İlk duyduğunda asla inanma, olamaz de, yapmaz de. Sonra yalan olmadığına inanacaksın nasıl olsa. Dünya yıkılsın başına, eve kapan haftalarca. İnsanlara, insanlığa olan inancını yitir. Yüzümü görmeye tahammül etme. Ben köprüden boğazın soğuk sularına doğru hızla düşerken, sen geride bıraktığım mektubu oku. Okudukça gözyaşlarına boğul. Ceyda'nın kardeşim olduğunu öğren, seni ne çok sevdiğimi o zaman anla. Elinde bir demet kır çiçeğiyle mezarıma gel, mezar taşımda "SEN Mİ GELDİN NERGİS?" yazılı olsun.

He Nergis, ne çeşit seveyim istiyorsun?

Emeğin ve alınterinin kutsal temelleri üzerinde yükselsin istersen sevdamız, eylemden eyleme koşarken birbirine karışsın ter kokularımız. Kavgaya olan bağlılığımız arttıkça büyüsün tutkularımız. Devrimin şanlı yolunda el ele yürürken her gün yeniden keşfedelim birbirimizi. İşkenceli sorgularda sınanıp çifte su verilmiş çeliğe dönsün aşkımız. Ezilenlerden yana kurulacak bir dünyada bizim de harcımız olsun. Sevgiyi emekle, özgürlüğü direnmekle var edelim. Cesaret ve fedakarlık yasadışı hayatımızın tek yasası olsun. Sonra bir gün sen işkencede çözül ve gizlendiğim evin adresini ver. Bir sabah, daha güneş şavkını vurmadan alnımdaki yıldıza, evi basıp vursunlar beni alnımdan. Geride sana bıraktığım mektubu bulsunlar. Okudukça gözyaşlarına boğul, seni ne çok sevdiğimi o zaman anla. Elinde bir demet kır çiçeğiyle mezarıma gel, mezar taşımda "YİNE Mİ SEN NERGİS?" yazılı olsun.

Ben severim, sen çeşidini söyle Nergis!

Mütevazı ilişkimiz günün birinde sarma cigaranın dumanıyla tanışsın. "Vur dumana, gel imana" olsun yaşam felsefemiz. Bohem bir tarzımız olsun derken, boka sarsın hayatımız. Ot'a para yetiştirmek için barlarda garsonluk yapalım seninle. Eşitsizliğe, adaletsizliğe isyan edelim her gün, içmeye sebep olsun maksat. Her günümüz yeni bir tabuyu yıkmakla geçsin. Yıktıkça varalım çıkarsız aşkın tadına. Ne hesabını tutalım geçen günlerin, ne de hayalini kuralım geleceğin. Yaşadığımız anın dolar karşısındaki paritesini ölçmeden tadını çıkaralım. Alaçatı'da bir tek lahmacunun elli liraya satılıyor olmasına değil, alınıyor olmasına küfredelim. Olympos'tan şaşmayalım Nergis. Sonra bir gün evde yalnızken bunalıma gireyim. Böyle hayatın içine edeyim deyip içmeye gideyim. Tekel fıçı birasının on dördüncüsünü de içtikten sonra barda hır çıkarayım. Barın sahipleri beni bıçaklasınlar. Cebimden sana yazılmış bir mektup çıksın. Okudukça.... neyse biliyorsun bu kısmı. Mezar taşımda "YOK ARTIK NERGİS" yazılı olsun.

Ben oturmuş böyle hayaller kurarken Nergis çıktı geldi karşıdan. Bana doğru yürüdüğünde dizlerimin tutmadığını farkettim. Neyse ki oturuyordum da düşmedim. Yanımdan geçerken bana değil de bana doğru baktı. Kesin beni görmek için bakmıştı ama görmedi. Gülüşü bende kaldı.

Ben böyle biri değildim, düşündüğünüz gibi hiç değil. Ne geldiyse Semra'yı sevmekten geldi başıma.

Baharat kokularının kumaş kokularına karıştığı eski çarşının daracık sokağında bir anda karşımda gördüm onu. Beni fark ettiğinde donup kaldı adeta, ben de öyle. Gözlerimizle konuştuk bir müddet. Sokağın gürültüsü aniden kesiliverdi sanki. Herkes birdenbire yok olmuş, ikimiz başbaşa kalmış gibiydik. Hiç değişmemişti, yıllar önce olduğu gibi büyüleyiciydi gene. Karşılıklı tereddüt ettik önce. Birbirimizi görmezden gelerek geçip gidebilirdik, hiç rastlaşmamış gibi yürüyüp deşmeyebilirdik yaralarımızı. Belki inceden bir sızı hissederdik sadece. Sokağın sonuna doğru hafiflerdi sızımız, uzaklaştıkça da acı bir tebessüme dönüşürdü en fazla. Ama öyle yapmadık, birbirimize doğru yürüdük. Açıkta satılan acı biber salçalarının önünde yüz yüzeydik artık. Salçanın kokusu burnumu, genzimi yaktı. Gözlerimin acıdan yaşardığını hissettim. Yanlış anlaşılır korkusuyla bastırdım gözyaşlarımı. Onun gözleri yaşardı, salçadandı belki de. Gözlerinin yeşili sulanıp bal rengine döndü.

Acı neden gözlerimizi yaşartıyor acaba? Vardır mutlaka bilimsel bir açıklaması. Keşke biliyor olsaydım o anda. Söze bununla girerdim en azından. Ne söyleyeceğimi bilemez haldeydim, bütün kelimeler hafızamdan silinmiş gibiydi. Çarşının gürültüsüne bir "Merhaba," karıştı. Gürültü o kadar çoktu ki sesini duymadım aslında, dudaklarından okudum sadece. "Merhaba," dedim ben de, "ne kadar acı," dedim. "Evet, çok acı," dedi biber salçasına bakarak.

Çarşının üstü saçaklara bağlanmış brandalarla kapatılmıştı. Bezlerin arasından kendine yol bulmuş bir demet güneş ışığı, milyonlarca yıldır kat ettiği yolu onun saçlarının kumrallığında sonlandırıyordu. Güneşten kopup dünyaya doğru yol aldığında bu ışık huzmesinin hayatımın geri kalanını altüst edeceğini kim bilebilirdi ki? İki yıl önce ayrılmamışız gibi, alışverişe beraber gelmişiz gibi, kıvrımlarına takılmış güneşi almak istercesine elim kendiliğinden gitti saçlarına. "Yapma," dedi ama sesi yetişmedi kulaklarıma. Saçlarındaki bütün güneşi topladım avuçlarıma. Bir el kavradı beni sıkıca bileklerimden. İkimiz de aynı anda döndük elin sahibine. "Yapma," diye bağırdı sevdiğim, adama. Acı bir bağırtı teslim aldı çarşıyı. Dudaklarını görmedim ama sesi kulaklarımı deldi. Sevdiğim üstüne kapandı kanlı bedenimin. Sonra bir ses daha, saçları yüzümde kaldı, kumralına kan bulandı. Gözlerinden bir damla bal düştü dudaklarıma. Baharat kokularına kan kokusu karıştı, çarşının neşesi feryada figana kesildi. Bakmayın böyle anlattığıma, ben de ruhumu teslim ettim orada. Sevdiğim oracıkta çekti gitti, aldı canımı hüzünlü bakışlarıyla. Mezarım kanlı gözlerindedir şimdi, Semra'nın mezarıysa köyde bir ağacın altında. Gülüşü bende kaldı.

Ne geldiyse sevdadan geldi başımıza. Kafamda bir mermi çekirdeğiyle yaşamaya mahkumum şimdi, Semra'nın abisinden armağan. Aklım gider gelir bazen, bazen de gider hiç gelmez. Her güzel gülüş Semra'ya götürür beni. Bir gülüş uğruna harcanmış hayatların muhasebesini tutmaya mecalim kalmadı artık. Bakmayın öyle, bildiğiniz gibi değil hiçbir şey.

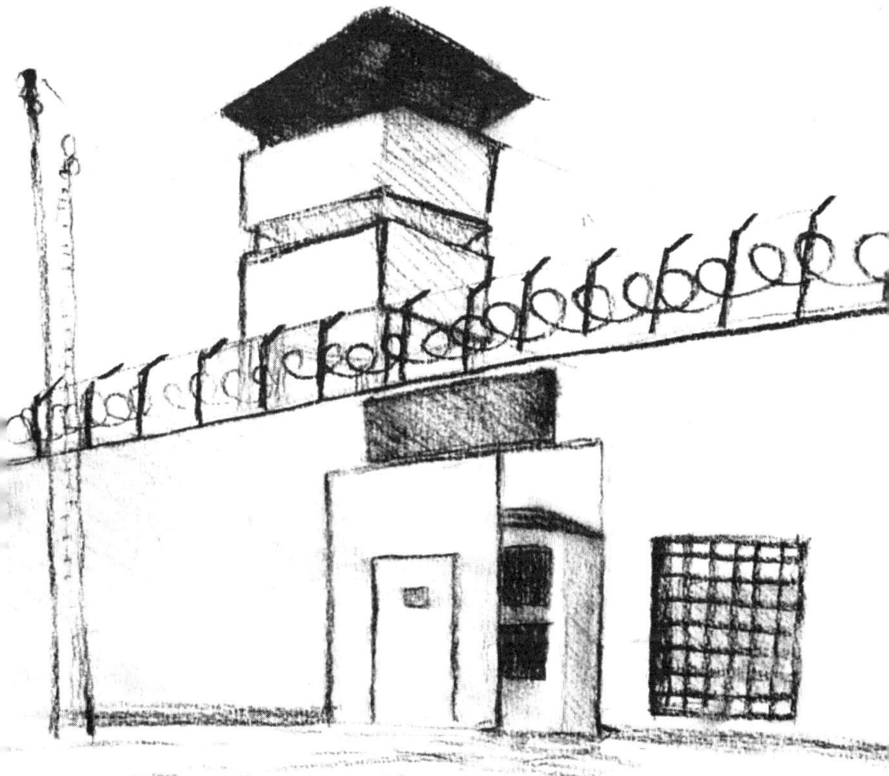

Kara Gözlere Selam Olsun

Alarm çaldığında saat sabahın altısıydı. Hüseyin alarmı kapatıp ranzanın üst katından aşağı indi. İnerken, alt katta yatan Cemal'i de ayağıyla dürterek uyandırdı. Cemal ile çocukluktan beri arkadaştılar. Aynı köydendiler. İlkokul üçüncü sınıfa kadar da birlikte okumuştular. Sonra Hüseyin okulu bırakmış, Cemal ise dördüncü sınıfa kadar devam etmişti. Cemal'in arada bir kendisine okumamış, cahil muamelesi yapması bundandı.

Ranzadan inip ayağı yere değer değmez, bugünün öbür günlerden çok farklı olduğunu hatırlayıverdi. Hiç bitmeyecekmiş, ömür boyu sürecekmiş gibi gelen on iki saatlik işgünlerinin ve uykusuz gecelerin sonuna gelmişlerdi işte. On beş aydır bu şantiyede çalışıyorlardı. İş bulma umuduyla köyden çıkalı bir buçuk yıl olmuştu. İlk üç ay İstanbul'da günübirlik işlerle idare etmişlerdi. Sonra şansları yaver gitmiş, bu inşaatta işe başlamışlardı. Yaşları on altı olduğu için başlarda şantiye şefi biraz tereddüt etmiş, sonuçta sigortasız ve düşük ücretle çalışacak olmaları işine gelmişti. Toplam sekiz çocuk işçi vardı şantiyede. Zaten altmış işçiden yirmi altısı sigortalıydı. Geri kalanlar kaçak ve sigortasız çalışmayı kabul etmişlerdi. Çocuk olmak zaten zordu. Kaçak çocuk işçi olmak daha da zordu. Ama bunların hiçbiri, köyde bıraktığı Berfin'in hasretinden daha zor gelmiyordu Hüseyin'e.

Ter kokan yatakhaneden çıkıp, yemekhanede ılık çorbalarını hızlıca içtikten sonra, son on beş aydır her sabah yaptıkları gibi inşaata yürümek yerine, birikmiş aylıklarını almak için muhasebenin önünde kuyruğa girdiler. Uzun, bitkin, mutsuz, perişan bir kuyruk. Ellerine geçecek parayla yeniden İstanbul'a dönüp başka bir iş arayacaklardı.

Hüseyin'in Berfin'e olan sevdası da kaçaktı, çocuktu, güvencesizdi. Köyden çıktığından bu yana iki gizli mektup yazmıştı Berfin'e. Aslında mektupları doğrudan Berfin'e yazamadığı için kendi kız kardeşi Zeliha'ya göndermişti. "Zeliha akıllı kızdır, nasıl olsa Berfin'i haberdar eder..." diye düşünmüştü. Gerçi mektupların hiçbir yerinde Berfin'in adı geçmiyordu ama Zeliha herhalde durumu anlayıp abisinin hasretini Berfin'e iletirdi. Ancak mektupta hasret lafı da geçmiyordu. Durumdan kimse şüphelenmesin diye hep üstü kapalı yazmıştı mektupları. Bir tek her mektubun sonuna eklediği "Kara gözlere selam olsun" cümlesine güveniyordu. Gerçi bütün köy kara gözlüydü ama yine de hiçbiri Berfin'in gözlerinin karası gibi değildi. Aslında mektupları Cemal'e yazdırmıştı. Cemal okumuş adamdı ne de olsa. İki mektuba da cevap gelmeyince okul okumamışlığına daha da hayıflanmıştı.

Uzun, sessiz, mutsuz kuyruğun ön taraflarında bir kaynaşma olunca, daldığı karanlık düşüncelerden sıyrıldı ve Cemal'le göz göze geldi. Kaynaşmaya neden olan fısıltı kulaktan kulağa değişip çarpıtılarak kuyruğun ucuna ulaşıvermişti. Muhasebeci ortalarda yoktu! Şimdi ne olacağı konusunda herkesin bir fikri, bir yorumu var. On beş aydır gıkını çıkarmadan gece gündüz köle gibi çalışanlar, bir anda isyanın eşiğine gelmiş gibi öfkeyle homurdanıyorlar. Bu bekleyiş aylardan uzun. Sonra yine gergin bir sessizlik...

Cemal mektupların üstüne kendi adreslerini yazmayı unutmuştu. Daha kötüsü, zarfların üstüne köyün açık adresini yazmayı da unutmuştu. Köyden bir türlü gelmeyen cevaplar Hüseyin'in uykularına sebep oldu. Her gün on iki saat köle gibi çalışmasına rağmen geceleri uyku tutmuyordu. Ranzada uzandığı yerin tavanına tükenmez kalemle "Berfin" yazmıştı. Gece karanlıkta bile görebiliyordu yazıyı. İnşaatta sıva yaparken de malanın kenarıyla "Berfin" yazıp yazıp tekrar sıvıyordu. Cemal ifrit oluyordu Hüseyin'in bu hayalet hallerine. Teskin etmeye, moral vermeye çalışmış, olmayınca küfretmiş, hatta bir de tekme atmıştı Hüseyin'e. Ama Hüseyin bana mısın demeden dalıp gidiyordu hülyalara.

Köydeyken Berfin'le gizli buluşmalarında konuştukları geliyordu aklına. O da beşinci sınıfa kadar okuyabilmişti. Sonrasını okumak kız işi olmadığından alınmıştı okuldan. Ne de olsa evlenme çağı yaklaşıyordu. Muş'un küçücük bir köyünde çocuk olmak zordu. Kız çocuğu olmak daha zor, çocuk gelin olmak daha da zordu. Asi bir çiçekti Berfin. Hiçbir zorluğa boyun eğeceği yoktu. Evlendirilmeyi asla kabul etmemiş, ortalığı birbirine katmıştı. O da Hüseyin'e gizliden sevdalıydı. Ama onun gözü daha yükseklerdeydi. Çok yükseklerde. Hüseyin'e de çıtlatmıştı bunu azıcık. Gitmekten bahsetmişti. Aşkının bunca yakıcı, böyle vazgeçilmez, ama bir o kadar da umutsuz olması boşuna değil. Hüseyin bu sırrı Cemal'le bile paylaşmamıştı.

Ustabaşı şantiye ofisinden çıkıp yanlarına doğru yürüyünce kuyruk canlandı. Kulak kesildiler. Adam hiç sesini yükseltmeden, "İçerde birikmiş maaşlarınızı İstanbul'daki şirket merkezinden alacaksınız..." deyince önce bir sessizlik oldu. Sonra homurdanmalar başladı. Ustabaşı dönüp gidecekken durup, "Servis on dakka sonra kalkacak. Bir sıkıntı var mı?" deyince sesler kesildi. İşçiler boyunlarını büküp sırayı bozarak, kendilerini şehre götürecek eski püskü işçi servisine doğru ağır ağır yürüdüler. Hüseyin'in içine ağır bir huzursuzluk, derin bir keder çökmüştü.

Bu dünyada Berfin'i Hüseyin kadar kederle, yakıcı bir hasretle düşünen bir kişi daha varsa o da Berfin'in annesiydi. Hüseyin köyden ayrıldıktan iki hafta sonra Berfin de ortadan kaybolmuştu. "Kirpiğin yere düşmesin kızım..." demişti giderken arkasından. O günden beridir her sabah namazda gözünü yükseklere dikip nazlı kızına, Berfin'ine dualar ediyor.

İşçi minibüsü çamurların içinde ağır ağır hareket ederken Hüseyin başını çevirip arka pencereden son bir kez baktı bitirdikleri binaya. Kapısının tam üstüne kocaman bir tabela asılmıştı: "Edirne F Tipi Yüksek Güvenlikli Cezaevi." Cemal de dönmüş, aynı yere bakıyordu. Bir an göz göze geldiler. Sonra ikisi de suçüstü yakalanmış gibi adeta utançla gözlerini kaçırıp başlarını çevirdiler. Eski püskü işçi servisi çamurlu araziden otoyola bağlanan yan yola çıkınca, taşıdığı sigortalı, kaçak, yaşlı, çocuk işçileri kucaklayıp hüzünlü bir geçmişten belirsiz bir geleceğe doğru hızlandı. Hüseyin içinden kara gözlere selam söylüyordu. Cemal içinden Hüseyin'e ve tabelaya sövüyordu.

GÖRÜLMÜŞTÜR

Cezaevi Mektup Okuma Komisyonuna Mektup

Sevgili Komisyon! Size bu satırları F tipi bir hücreden yazıyorum. "Niye?" diye soracak olursanız, tutukluyuz da o yüzden! "Onu biliyoruz da, bize niye yazıyorsun kardeşim, zaten senin mektupları okumaktan gözümüz çıktı!" diyorsanız, evet işte tam da bu konuda yazıyorum. Yahu, Allahaşkına arkadaşlar, siz nasıl bir meslek seçmişsiniz kendinize? Milletin mektuplarını okumak da nedir? Kim bilir belki bunun için size bi de para veriyorlardır (Veriyorlarmış, ayda 2060 TL. Harca harca bitmez!) Ama konumuz bu değil. Gerçi konumuz nedir onu da tam bilmiyorum (son cümleler İlhami Algör hikâyelerinden (ç)alıntıdır diyerek üstünü karalamazsınız umarım).

Dikkatinizi yeterince dağıttıysam mevzuya giriyorum. Dışarıdakiler (daha doğrusu dışarıda olduğunu zanneden arkadaşlar), benden son bir öykü daha istiyorlar. Ben de dedim ki ben tutuklandığımdan beri mektup okuma komisyonu bunalıma girdi. Artık uzun yazılar, mektuplar yazmayayım diyorum. Benim yüzümden karın tokluğuna, "köle gibi" çalışıyorlar. Ayrıca ben edebiyatçı falan değilim diyorum. Gerçi insan sanatçı bir anneyle edebiyatçı bir babanın olduğu evde büyüyünce ister istemez bir şeyler birikmiyor da değil.

Şöyle ki: Küçüklüğümde sabahları hep annemin çaldığı piyanonun sesiyle uyanırdık. Evimiz iki odalıydı, bütün kardeşler bir odada uyurduk. Annemin piyanosu da aynı odadaydı. Canım annem her sabah üşenmeden piyanosunun başına geçer, tıngır mıngır çalardı. O sesler inanın halen kulağımda çınlıyor. Sonra biz biraz büyüyünce anam, "Lan sen salak mısın oğlum," dedi, "ne piyanosu; bildiğin dikiş makinası bu, eve ek gelir olsun diye dikiş dikiyorum ben." Ama olsun, sonuçta biz piyano niyetine dinlemişiz, değil mi? Sevgili Komisyon, Allah sizinkileri de bağışlasın, çocuklarınızın iyi bir müzik kulağına sahip olmasını istiyorsanız, şarkı değil ritm dinleterek büyütün onları. Bakın Arif Sağ'ın sayılı virtüözlerden biri olmasında köylerindeki değirmenin şakşakısı büyük pay sahibidir.

Benim babam da hep şiir gibi konuşurdu. Ne güzel konuşurdu öyle. Biraz büyüyünce bunların şiir değil, küfür olduğunu anladık. Küfürbaz ve esprili bir adamdı babam, halen de öyle. Ama bazı insanlar vardır ya hani, küfür ağızlarına yakışır, kaba durmaz. Öyledir benim babam, şiir gibi küfreder. Bi defasında daireden bir arkadaşıyla küfürsüz konuşunca arkadaşı alınmıştı. "Hayrola Tahir Abi, bir yanlış mı yaptık?" demişti. Babam da, "Ne yanlış yapacaksın lan, şerefsiz!' demişti de arkadaşı rahatlamıştı. Benim ilkokula başlayıncaya kadar kültürel altyapım da böyle böyle oluşmuştu neticede.

İlkokulu Diyarbakır'da, Yeni İlkokulu'nda okudum. Çalışkan, başarılı, hatta çok başarılı bir öğrenciydim. Ama en birinci değildim. Çünkü o kişi Bahir'di. Bahir, sınıfın en çalışkanı, en başarılısıydı. Sınıf birincisiydi, ben ise ikinci. Tertemiz, düzenli, elyazısı inci gibi, uslu bir çocuktu. Bendeyse hepsinden biraz biraz vardı. Okulda benim çok arkadaşım vardı, Bahir'inse bi tane, o da bendim. Bahir'ler başka bir şehirden gelip Diyarbakır'a yerleşmişlerdi, öyle hatırlıyorum en azından. Kimse dokunamazdı O'na, çünkü ben vardım. İlkokulda küçük çaplı, belalı bir "çetenin" başkanı gibi bi şeydim (o tarihte henüz eşbaşkanlık yoktu). Gerçi, "çetemizin" çok da belalı olmadığı kısa sürede anlaşıldı, bizden belalıları da vardı ya, neyse...

Bahir'den hafızamda çok az şey kaldı, en çok hatırladığım ise bir gün okul sonrası birlikte eve doğru giderken yaşadığımız bir şeydi. Aç bitap bir şekilde dar sokaklardan eve doğru yürürken Bahir birdenbire, "Ooohhhh, mis gibi pastırma kokusu geldi," dedi. Ben de, "Ne kokusu, ne kokusu?" dedim. "Pastırma, pastırma," dedi. "Pastırma nedir lan?" dedim. "Oğlum, pastırma işte, et olan var ya," dedi. "Nasıl bi şe?" dedim. "Böyle ince ince, kokulu var ya işte," dedi. "Hahahaaaa, pastırma nedir lan, ona pirzola denir," dedim. "Pastırma diye bi şe yoktur oğlum," dedim. Yol boyunca Bahir'le dalga geçtim. Ama Allahı var, Bahir ne alındı ne de küstü, üstelemedi daha fazla. Ben hayatımda pastırma diye bi şey görmemiştim; bırak pastırmayı, pastırma diyen birini bile görmemiştim. Eve gelince kahkahalarla anneme anlattım (piyanist olan). Annem de, "Oğlum, pastırma diye bir şey var," dedi. Kahkaham yüzümde donup kaldı. Affet beni Bahir, bunu sana hiç söyleyemedim.

Cezaevine girdikten sonraki ikinci aydı galiba. Bir gece yataktan irkilerek uyandım. Saat sabahın dördüydü. Bir rüya görüyordum, rüyamda Bahir bana, "Pastırmayı unutma, pastırmayı," diyordu. İnanması gerçekten güçtü, uyanık mıyım, halen rüyada mıyım diye kararsız kaldım. Tam otuz beş yıl sonra Bahir arkadaşım o çocukluk haliyle, F Tipi hücrede rüyamda bana bir şey hatırlatıyordu. Cezaevinde haftalık kantin fişi hazırlıyoruz, biliyorsunuz. O hafta kendimize biraz torpil yapıp Abdullah Zeydan'la birlikte, pastırma da yazalım diye konuşmuştuk sabah. Yataktan çıktım, alt kata inip panodaki kantin fişine baktım. Evet, pastırma yazmayı unutmuştuk. Teşekkür ettim Bahir'e, yazdım pastırmayı.

Tutuklu kaldığım sürede, sadece o gece derin bir kedere kapıldım. Bahir'i sadece çocukluk haliyle hatırlıyorum, çünkü ilkokuldan sonra kaybettik birbirimizi. Ondan hiç haber alamamıştım. On yıl kadar önceydi yanılmıyorsam, gazeteyi hızlı hızlı karıştırırken "Dicle Üniversitesi'nde çalışan memur intihar etti" diye küçük bir haber gözüme çarptı. Flu, küçük bir de vesikalık fotoğrafla birlikte. Haberin detayını okumadım, geçtim, sonra birden durup tekrar geri açtım sayfayı. Buz gibi oldum, isim benzerliğidir herhalde dedim, ama fotoğraftaki oydu. Söz verdim kendime, mutlaka ailesini bulup acılarını paylaşacaktım, ama bulamadım. İçime dert oldu. Ben bulamadım ama Bahir buldu beni, yıllar sonra bir hücrede, rüyamda. Affet beni Bahir, nur içinde yat güzel kardeşim. Sen hep birinciydin, birinci kalacaksın yüreğimde, bunu sana hiç söyleyemedim.

Konu nerden buraya geldi bilmiyorum ama, işte böyle Sevgili Komisyon. Arkadaşlar ille de cezaevinden bir anını yaz gönder diye tutturdular ama ben yazamam dedim, komisyon memurlarına haksızlık yapmak istemiyorum dedim. Neticede emeğe ve emekçiye saygımız var. İşte bu durumu size bildirmek istedim. Size hayırlı işler, meslek yaşantınızda üstün başarılar diliyorum. Saygılarımla...

Denizkızı

Benim adım Mina. İki ay önce Suriye'den, Hama'dan yola çıktık. Annem bana sıkı sıkı sarıldı. Yol boyunca hiç bırakmadı. Bazen yürüdük, bazen çok kalabalık otobüslere, tozlu kamyonlara bindik. Yollar hep çukurdu. Zıplaya zıplaya gidiyorduk. Ama annem beni hiç bırakmadı. Yolda insanlar hep bir şeyler konuştular. Otobüste bazıları çok ağladı. Aslında ben de ağladım. Benim babamı öldürdüler Hama'da. Niye öldürdüler bilmiyorum, o zaman annem çok ağladı, ben de ağladım.

Yolculuğumuz çok uzun sürdü. Bir keresinde iki çocuk, bir de yaşlı amca öldüler yolda. Onlara yol kenarında mezarlar yaptı adamlar. Çocukların mezarları küçüktü. Anneleri mezarlarına sıkı sıkı sarıldı, çok ağladılar, gelmek istemediler. Ama adamlar onları çektiler, gitmek zorundayız dediler.

Bir yere vardığımızda herkes biraz daha sevinçli oldu. Bazı adamlar dedi ki, gece karanlık olunca denizin kenarına gidip orada gemiye bineceğiz. Anneme siz gelemezsiniz dediler. Annem onlara çok yalvardı. Sonra koynundan üç tane bilezik çıkardı, adamlara verdi, tamam o zaman, siz de gelin dediler.

Bizim köyde deniz yoktu. Ben hiç deniz görmedim hayatımda. Annem de görmemiş. Karanlıkta denizin kenarına gidince yine göremedik denizi. Adamlar bizi bir gemiye bindirdiler. Çok kalabalık olduk. Annem bana sarıldı, hiç bırakmadı. Adamlar dedi ki kenarları sıkı sıkı tutun, annem beni daha sıkı tuttu. Denizin üstünde çok sallandık. Kapkaranlık olduğu için denizi göremedim. Yüzüme tuzlu sular geldi. Tuzdan ben kustum. Yaşlı kadınlar dualar okudular, benim annem de okudu. Bana hiç korkma dedi annem. Çok az kaldı, birazdan yetişeceğiz dedi. Ben hiç korkmadım. Tuzdan gözlerimizden yaş aktı ama biraz da ağladım. Çok dalga var dediler adamlar. Hep bağırdılar, bi de herkes çok sıkı tutunsun dediler. Sonra gemimiz devrildi.

Bizim köyde deniz yoktu, küçük bir deremiz vardı. İçindeki balıklar çok hızlı yüzüyordu. Aslında deremiz çok küçük değildi, birazcık büyüktü. Kenarında ağaçlarımız vardı. Babam bir kere bana ağaçta salıncak yapmıştı. Evimiz derenin kenarındaydı. Annem de bana eski çoraplardan bi bebek yapmıştı. Ama onu yolda otobüste unuttum. Evimiz çok güzeldi.

Biz hepimiz denizin içine düştük. Annem bana çok sıkı sarıldı. Bizim köyde deniz olmadığı için biz hiç yüzme öğrenemedik. Annem de öğrenemedi. Annemle birlikte suyun dibine doğru gittik. Sonra biraz yukarı doğru çıktık. Ama kalabalık adamlar hep ayaklarıyla bizim üstümüze bastılar, sonra yine dibe doğru gittik. Annem beni hiç bırakmadı, sıkı sıkı sarıldı. Su tuzlu olduğundan benim boğazım yandı. Annem bana sarıldı, ben de içimden korkma anne dedim, biraz ağlamak istedim sadece. Annem de hiç korkmadı, hep gözlerimin içine baktı. Hiç çıkamadık denizin dibinden.

Benim adım Mina. Beş yaşındayım. İki ay önce Hama'dan yola çıktık. Biz hayatımızda denizi hiç dışarıdan göremedik. Bir haftadır denizin dibindeyim, ben denizkızıyım, Akdeniz'in kızı, deniz benim annem artık. Annem beni sıkı sıkı sardı, hiç bırakmıyor. Bütün anneler kızlarını çok severler çünkü.

Halep Ezmesi

"Yanılmışım, hayat çok uzun..."

Garip bir durum mu var? Sanmıyorum. Her zamanki Ortadoğu işte, bir yerlerde patlayan canlı cansız bombalar, geride bıraktığı onlarca parçalanmış insan bedeni, darmadağın olmuş yoksul bir pazaryeri.

Ölü sayısı 68, yazıyla altmış sekiz.

Üç gün önceki patlamada 43'tü. Ölüm gerçekten sıradan ve normal bir şeydi de acaba biz mi abarttık onu, olağanüstü bir hale getirdik? Ölüyor işte insanlar, bolca hem de. Halep'te öğlen patlayan bomba aynı saatlerde Sidney'de akşam yemeği için restoranlarda toplaşan Avusturalya ahalisinde aynı etkiyi yapmamış gibi duruyor zaten. Toronto'da işe gitmek için koşuşturan Kanada halkının henüz haberi bile yok. Birazdan haberleri olacak ama çoğu okumaya bile değer bulmayacak bu "olağan" patlamayı. Halep'e en yakın şehir Hatay. Biraz dikkat kesilseler patlamayı kendi kulaklarıyla duyacak kadar yakınlar Hataylılar Halep'e.

Hatay'ın mezeleri ünlüdür, sofraları zengin. Kadim bir coğrafyanın birikmiş bütün kültürlerinden nasiplendiği için Hatay mutfağında yok yoktur. Arap, Ermeni, Süryani, Türkmen, Kürt, Türk, Fars, Rum ne yemiş ne içmişse tarih boyunca Hataylılar hepsini not etmişler, bir gün lazım olur diye. Her gün lazım olmuş tabi. Hatay'a yolu düşenler bu enfes tatları denemeden ayrılmışsa kentten çok şey kaybetmiş sayılır.

68 kayıp.

Hatay Araplarının en iyi yaptığı yemek belki de gerçek bir sanat eseri diyebileceğimiz Arap kebabıdır. Eski Çarşı'da salaş bir esnaf lokantasında yemelisiniz kebabı. Hamdullah Usta tam da romanlarda geçen naif esnaf tiplemesinin canlı hali adeta. Adı sanı iyice duyulunca turistler de rağbet etmeye başlamış Hamdullah Usta'ya. Bu durum ustamızı hafiften tedirgin etmiş olsa gerek ki, dükkâna çekidüzen verme adına dört beş tane plastik saksı ağacı alıp yerleştirmiş mekânın sağına soluna. Bu aklı da karşıdaki berber Sadrettin vermiş kendisine. "Abi sen de konsepti biraz değiştir, turist akmaya başladı sokağa, her esnaf biraz çekidüzen verse dükkânına, turistik bir caddeye dönüşürüz imanıma," demiş. Kafasına yatmış Hamdullah Usta'nın. Plastik ağaçlar bu çerçevede intikal etmişler. Yemekler hep aynı ama onları artık daha yeşillik bir ortamda ve orman ambiyansı eşliğinde yiyebiliyorsunuz. Yalnız, ağaçların plastikliği fazla sırıtıyor, bildiğiniz ucuz naylon. İyice de tozlandıkları için hedeflediği ambiyansı tersine çevirmiş; ama olsun, yemekler harika, halen.

68 ölü can.

Lokantada bir tek garson var. Toplam yedi masaya yetişmekte zorlanmıyor. Hamdullah Usta'nın yeğeniymiş. Çocukluğundan beri, tam 19 yıldır burada garsonluk yapıyormuş. Adı Bereket. Bereket'in iki çocuğu var, karısı geçen yıl trafik kazasında ölmüş. Trafik kazası dediysek öyle aşırı hız yapan arabasıyla takla makla atmamış. Caddede halk otobüsü çarpmış, oracıkta canını teslim etmiş kadıncağız. Bildiğin fukara işi bir trafik kazası ve fakir bir ölüm. İşine ve ustasına çok bağlı Bereket. Şevkle yapıyor görevini. Müşterilerin gözlerinde bir damlacık memnuniyet okuyabilmek için sanat icra eder gibi estetik bir maharetle sunuyor yemekleri. Her şey çok güzel, ama özellikle etler bir harika.

68 parçalanmış beden.

Fiyatlar sizi şaşırtacak kadar ucuz. Üç kişi yedik içtik, tatlısı tuzlusu derken, bir hesap geldi, neredeyse itiraz edecektik, azdır diye. Beni en çok da şaşırtan Hamdullah Usta'nın sakinliği oldu. Dükkân ne kadar kalabalık olursa olsun, o hiç istifini bozmadan, yüzündeki ifadeyi bir milim değiştirmeden, sipariş edilen yemekleri usulca tabaklara doldurup Bereket'e uzatıyor tezgâhın arkasından. Bir haftada üç defa gittim Hamdullah Usta'ya, bu sahneler azıcık dahi olsa hiç değişmedi.

Hamdullah Usta aslen Halepli. Dedesi Hatay'a yerleşmiş; altmış yıldan fazladır Hatay'dalar. Dededen babadan lokantacı esnafı olarak tanınırlar Hatay'da. Tarihi Halep Çarşısı'nda kumaş dükkanları var amcalarının. Savaştan önce çok sık gider gelirlermiş birbirlerine. Savaş başlayınca Halep'teki akrabaların hepsi diğer birçokları gibi Hatay'a kaçmışlar. Hamdullah Usta iki katlı evinin bahçesine bir çadır kurmuş, toplam 48 nüfus bir evde yaşamaya başlamışlar. Hamdullah Usta bu durumdan dolayı evin alt katındaki kiracıdan rica minnet evi boşaltmasını istedikten sonra biraz daha rahat etmişler. Hiç evlenmemiş usta. Çocukken babasıyla birlikte Halep'e ziyaretlerinde tanıyıp deliler gibi âşık olduğu teyzesinin kızı Rukiye on altısında evlendirilince hayata küsmüş. Sevmemiş bir daha kimseyi. Rukiye iki çocuğu, kocasıyla birlikte ustanın alt katındaki evde bir odada kalıyor. Onunla karşılaşmamak için her sabah neredeyse koşarak çıkıyor evden usta. Rukiye de unutmamış unutmamasına da, yapacak bir şey yok artık. Halen çok güzel, bakmaya kıyamıyor, görmeye doyamıyor. Görme dediysek, kaç günde bir tesadüfen karşılaşmalar esnasında bir saniyecik bakışmalardan başka bir şey değil zaten. "Hadi!" dese birlikte her şeyi bırakıp kaçacaklarmış gibi ve sanki bunu birlikte planlamışlar da herkesten saklıyorlarmış gibi tedirgin usta.

68 ölü ulan!

Eve herkes uyuduktan sonra sessizce girip usulca yatağa uzanmak dışında evle bağını kesmiş bu yüzden. Olur da birisi ustanın bunları içinden geçirdiğini anlar diye ödü kopuyormuş. Yıllar sonra yeniden harlanan Rukiye aşkının alevleri dışarıdan fark edilir korkusuyla Bereket'le olan sınırlı konuşmalarını bile sıfıra indirmiş.

Fark edilmesin, ama bir alt kattaki oda, birkaç saniyelik bakışmalar da her gece büyüsün, o dilsiz dünyasını kaplayıp öyle uyutsun. 48 nüfuslu bu arı kovanında onun nefesinin olduğunu bilmek çile mi, mutluluk mu? Bu sorunun cevabı yokmuş işte. Gökten ne yağmış da yer kabul etmemiş misali... Bunca yıl sonra aynı çatının altındalar ya. Hal böyle olunca da ne yaparsan yap, o çatıya tünemiş umut kuşunu susturamazsın. Bu geveze kuşu gündüzleri kovalamak kolay. Ama tek başına yatağa girip de gözlerini kapattığı an gel de sustur. Uykuya dalıp kurtulmak yok. Rüyalarda daha da cüretli, daha da arsız bir kuş bu. En kötüsü de uyanıp yeni bir güne başlama mecburiyeti. Biraz daha oyalansa. Belki bu sabah da birkaç saniye... Sakın!..

Halep'te pazaryeri, tezgâhlarda sadece hüzün satılan donup kalmış bir film sahnesi gibi. Savaş başladığından bu yana neşesi yok pazarların, rengi yok, kokusu yok. Doymak, doyurmak için bir parça yiyeceğin mecburen alınıp satıldığı yerler ruhsuz hastane koğuşları gibi adeta. 68 parçalanmış insan bedeni. Rukiye de aralarında.

İki gün önce çocukları Hatay'da bırakıp kocasıyla birlikte Halep'teki evlerinden bir miktar daha eşya almaya gelmişler. Akşam yemeği için bir şeyler almaya gitmiş pazara. Hatay'ın künefesi de ünlüdür.

"Allahu Akbar!" diye bağırmış, kendini patlatan pazaryeri katili. Halep'te paramparça olurken Rukiye'nin bedeni, Hamdullah Usta dükkânın arkasında tahta namazlıkta namazını kılıyormuş. "Allahu Akbar" diye rükûya giderken göğsünde bir sızı hissetmiş, yaşlandık herhalde diye iç geçirmiş.

Künefenin özelliği peynirinden gelir. Bir de Hatay'da pişirme tekniği farklı tabi. Ama Hamdullah Usta arzu eden müşteriye künefeyi yan taraftaki künefeci Cemil Usta'dan getirtiyor. Kendisi de iyi bir künefe ustası ama komşunun kısmetine el uzatmak olur diyerek yan tarafta künefeci açıldığından beri künefe yapmayı bırakmış dükkânda. Yok, ben Hatay'ın en iyi künefesini yiyeceğim diyorsanız, o halde Uzun Çarşı'daki meşhur Hatay Künefecisi'ne gidip hakkıyla bir künefe yiyebilirsiniz.

Kocası ceset parçaları arasından elbise kumaşının yapıştığı birkaç parçayı tanıyıp bulup alabilmiş Rukiye'den geri kalanları. Hamdullah Usta ne cenazesine ne mezarına gitmeye dayanamamış Rukiye'nin. Definden bir gün sonra akşam dükkânın kapısını içeriden kilitleyip ecza dolabında ne kadar hap şurup varsa hepsini yutmuş içmiş. Dükkân üç gün taziye nedeniyle kapalı kaldı. Bereket işletiyor şimdilerde dükkânı. Bereket Usta'ya Rukiye'nin kocası Cuma garsonluk yapıyor. Rukiye'nin iki çocuğu da dükkânın temizliğiyle uğraşıyor, koşturuyorlar ortalıkta. Yolunuz düşerse uğrayın Bereket Usta'ya, yiyebilirseniz de yiyin: Arap kebabı halen çok leziz.

Ne de olsa çok kadim bir mutfağı var Hatay'ın.

Ah, Asuman!

Otobüsün sarsılmasıyla gözümü açtım. Şoförün iki sıra arkasındaki koltukta oturuyordum. Saat gecenin ikisiydi, yolcuların çoğu uyukluyordu. Önümüzdeki kamyonun hemen arkasından yavaş yavaş rampayı tırmanıyorduk. Gözlerimi kapadım, tekrar uyurum niyetine. İki üç dakika sonra gözlerimi açtığımda, halen aynı kamyonun arkasında aynı hızla gitmeye devam ettiğimizi gördüm. Bütün arabalar yanımızdan hızla sollayıp gidiyordu. Bizimki ısrarla kamyonu iki metreden takip ediyordu. Bizim kaptan adeta seyrüseferin tadını çıkarıyordu. Dayanamadım, sessizce kalktım, şoförün kulağına eğilerek, "Hayırdır kaptan, bir sorun mu var? Niye sollamıyorsun?" dedim. Başını çevirmeden, dikiz aynasından bana baktı.

"Yok, öylesine takıldık, gidiyoruz işte, bir sıkıntı mı var?" dedi.

"Hayır ya, sadece merak ettim, herkes sollayıp geçerken biz ne zamandır böyle..."

Başıyla muavin koltuğunu işaret ederek, "Geç otur," dedi.

Hafif bir tereddütten sonra açtım muavin koltuğunu, oturdum.

"Öğrenci misin delikanlı?" dedi kaptan.

"Evet, Ankara Hukuk'ta okuyorum," dedim.

"İyi, güzel okulmuş," dedi.

"Eh işte," dedim, hafif gururlanarak.

"Bak kardeş," dedi kaptan, başıyla öndeki kamyonu göstererek. "Görüyor musun?" Gayri ihtiyari dönüp baktım, evet görülmeyecek gibi değildi, eşşek kadar kamyon.

"İyice bak," dedi, "ne görüyorsun orada?"

"Neyi?" dedim.

"Şu kadın!" dedi.

Dönüp bir daha baktım kamyon kasasının arkasına. Evet, kasanın iki tarafına monte edilmiş, dikdörtgen şeklinde iki kadın resmi vardı. Daha doğrusu aynı kadının simetrik konmuş iki resmiydi bu. Neredeyse her kamyonun arkasına asılan klasik kamyon aksesuarlarındandı.

"Ne olmuş O'na?" dedim.

"Asuman O!" dedi.

"Kadının ismi mi Asuman?" dedim.

"Evet," dedi, derin bir iç çekti. "Tanıyorum bu kadını, hem de çok iyi tanıyorum."

Gülümsedim. "Bütün kamyonların arkasında var bundan," dedim.

"Doğru, ama hepsi Asuman değil. Bir sürü farklı resim var," dedi.

"Olabilir, hiç dikkat etmemiştim," dedim.

"Ben de fazla dikkat etmezdim. Ta ki Asuman'ı tanıyıncaya kadar," dedi.

"Gerçekten de tanıyor musun?" dedim hayretle.

"İstanbul'da, barda tanıştık, altı sene önce."

"Ciddi misin kaptan? İşletme beni."

Küçümser bir bakış attı bana, kenardan uzun Parliament paketini aldı, bana uzattı, tereddüt ettim, "Al al," dedi. Aldım bir tane, bir tane de kendisi aldı, ağzının kenarına iliştirdi. Bıyıklarının ortası sigaradan kahverengiye dönmüştü. Sigarasını yakıp çakmağı bana uzattı. Derin bir nefes çekti, burun deliklerinden koyu bir duman süzüldü otobüsün içine. Düğmeye basıp yan camı hafifçe açtı. Koltuğunda sağa sola kıvrılıp iyice yerleşti. Belli ki Asuman'ı anlatmaya hazırlanıyordu. Ben de rahatça oturuyormuş gibi yapıp "Eh bari, dinleyelim" pozisyonuna geçtim. Nasıl olsa uyku kaçtı.

"İstanbul'a sefer yaptığımız zamanlarda bazı geceler öylesine barlara takılırdım," diye giriş yaptı. Derin bir nefes daha çekti sigaradan, gözlerini öndeki kadın resminden ayırmadan devam etti: "Aksaray'da bir barda sahneye çıkıyordu. Güzel de okuyordu. İnanmayacaksın ama, aynen filmlerdeki gibi, görür görmez vuruldum. Sahneden ininceye kadar gözlerimi ayıramadım. O da fark etti beni. Neyse uzatmayayım, kalktım gittim yanına, 'Ben Fahri,' dedim. 'Ben de Asuman,' dedi, elimi sıktı. Sanki kor bir ateş parçasını elime tutuşturmuşlar gibi bütün vücudum yanmaya başladı. Kendi kendime, 'Oğlum Fahri, boku yedin,' dedim. İnsan en iyi kendini bilir tabi, o dakka kalbim cız etti. 'Birlikte çıkalım,' dedim, 'Yarın akşam gel,' dedi. 'Gelemem, sefere çıkacağım,' dedim, 'Kamyoncu musun?' dedi. 'Yok, otobüs şoförüyüm,' dedim. 'Nereye?' dedi, 'Diyarbakır'a,' dedim. 'Eh, artık bir dahaki sefere kaptan,' dedi. Ayıp olmasın diye ısrar da etmedim daha fazla. On gün sonra İstanbul'a sefer çıktı yine. Diyarbakır'dan İstanbul'a nasıl gitmişim hatırlamıyorum bile, kafam leyla gibiydi, yüreğim mecnun."

Bir nefes daha çekti, yoğun dumanı serbest bıraktı ağzından, kafası bir anlığına dumanın içinde kayboldu. Sigarayı tuttuğu elinin serçe parmağıyla kulağını karıştırırken devam etti.

"Gittim buldum velhasıl, beraber çıktık bardan o gece, paçacı çorbacı falan derken arayı iyicene hoş ettik. O'nun da kanı kaynadı bana, epeyce dertleştik. Evinde kaldım o gece. Öğleden sonra da tekrar Diyarbakır'a devam. Uzatmayayım, bir sene böyle geçti. Ben her İstanbul seferinde ondaydım. 'Gel' dedim, 'seni Diyarbakır'a götüreyim, ev tutarım, rahat edersin, çalışmana da gerek kalmaz'. Aynen böyle dedim."

"Yav kaptan, iyi hoş da, bildiğimiz Türk filmi anlatıyorsun bana," diyerek araya girdim. Hafiften başını iki yana sallayarak gülümsedi.

"İstersen anlatmayayım," dedi, gücenmiş bir tavırla.

"Yok yok, kusura bakma, yani aynen Türk filmi gibi olmuş," dedim.

"İnan ki aynen öyle kardaş," dedi.

Yan taraftaki telefon ahizesini kaldırıp muavini çağırdı. Uykulu gözlerle geldi muavin. "Bize iki kahve yap getir, duble olsun," dedi. "Bir de ayakta uyuma, yolcuları bi kontrol et," diyerek hafiften çıkışmayı ihmal etmedi. Hemen geldi kahvelerimiz.

"Neyse kardaşım, evimi barkımı yıktım Asuman için, üç çocukla baş başa bıraktım bizim avradı, terk ettim evi. Asuman'a Diyarbakır'da ev tuttum, imam nikâhı da yaptım. Bizim karıyı da boşamadım, ama Allah var, nafakalarını da eksik etmedim. Kafanı şişirmeyeyim, sonunda bu iş yürümedi, terk etti beni Asuman. Bir gün eve geldim ki ev bomboş, tamtakır. Kısa bir not bırakmış sadece. 'Eşyaları nafaka niyetine say, peşimden de gelme! Asuman'. O gece otelde kaldım, sabah çiçek yaptırdım, aldım bizim hanıma gittim. 'Allah var, bizim hanım vefalı, emektar kadındır. Haldan da anlar,' dedim. Çiçekleri kafama geçirdi, yedi sülaleme de dümdüz gitti. 'Haklıdır,' dedim, 'biraz zaman geçsin sakinleşir' dedim. Nerdee, bizim karı beni iki celsede boşadı, kaldım ortada öyle mal gibi."

Gözlerini öndeki kamyonun arkasına sabitleyip derin bir of çekti.

"Ah Asuman, ah! Evimi barkımı yıktın, viran ettin beni... Böyle işte delikanlı, bu Asuman o Asuman işte," dedi. "Arada bir fotomodellik de yapardı, bu da o resimlerden biridir. Orjinali de var bende. Hangi kamyonun arkasında görsem takılır giderim böyle, ayrılamam peşinden. Neyse ki çok fazla Asuman resimleri yok kamyonlarda, yoksa yol mol gidemezdim yeminle," diyerek acı acı gülümsedi.

"Böyle yol gitmek tehlikeli değil mi peki kaptan, anlatırken bile dalıyorsun, gözlerini kapatıyorsun," dedim.

"Yok yok, dikkati elden bırakmıyorum, ama insan hayal kurarken gözlerini kapatır, hiç kimse hayallerimizi görmesin diye yaparız aslında, gözlerimizi kapatınca kendimizden bile saklarız hayallerimizi. İçimizdeki gerçek biz, o hayaldeki biziz aslında," dedi.

"Ne diyeyim kaptan, şaşırdım valla (senin Asuman da Nietzsche gibi, 'Bir kere keşfettin mi kolayca bulursun artık beni, bundan sonraki zorluk beni kaybetmek olacaktır,' demiş diyecektim, vazgeçtim). Ama uzun yol şoförü olarak bu kadar can sana emanet. Yine de Allah korusun, dikkatli olmak lazım," dedim.

"Tabi," dedi, "o ayrı, ama bazen düşünüyorum böyle.. Ölümün, ölmenin bir sürü çeşidi vardır: Yanarak, düşerek, boğularak, sürünerek, öylesine, kahramanca ya da sebepsiz ölmek. Bunların hepsi yaşamanın çeşitleridir aynı zamanda, tuhaf değil mi?" dedi.

"Değişik bir adamsın kaptan, ilginç yani," dedim. Döndüm tekrar, baktım Asuman'a, öyle yan tarafının üstüne uzanmış, dirseğini bir puf mindere dayamış, eli yanağının altında, şuh bir bakış, aşırı makyajdan yüzü neredeyse kıpkırmızı. İçimden, "Vay be, Asuman ha!" dedim. Döndüm kaptanla göz göze geldik, yüzünde hınzır bir gülümseme vardı.

"Sen avukat mı olacaksın?" diye sordu.

"Büyük ihtimalle," dedim.

"Maşallah, cin gibisin, kime avukatlık yapsan Allah onun yardımcısı olsun," dedi.

"Niye ki kaptan?" dedim.

"Bak gözüm," diyerek gülümsedi. "Sen uyuyordun herhalde, otobüs arıza yaptı, biz de aha bu öndeki kamyonun arkasına bağladık otobüsü, bizi Gavur Dağı'nın tepesine kadar çekecek. Biraz eğilip öne bakarsan çekme halatını görürsün," dedi.

İnanmak istemedim önce, hafiften ön cama doğru eğilip bakınca halatı gördüm. Asuman resmen bizi çekiyordu. "Durdurun, ben ineceğim ulaan!" diye bağırmak geldi içimden, fakat yapacak pek bir şey yoktu, yemiştim zokayı bir kere. Kaptan pis pis sırıttı, ya da bana öyle geldi, muavini çağırdı yine.

"Bu talebeye kolonya ver, gidip biraz nefes alsın yerinde," dedi.

"Helal olsun sana kaptan, resmen ezdin beni," diyerek yerime geçtim. Muavin de üstüne tuz biber olsun diye gerçekten kolonya getirdi, birkaç damla avucuma döktü, sırıtarak "Geçmiş olsun abi," dedi. Kaptan da dikiz aynasından bakıp bıyık altından gülmeye devam ediyordu.

Aradan uzun yıllar geçti. Avukatlık büromdan içeri girince hemen tanıdım. Fahri Kaptan'dı. Buyur ettim oturttum, çay söyledim. Şakakları iyice beyazlamış, pos bıyıkları iyice sarıya dönmüştü. Zayıflamış, hafiften de kamburu çıkmıştı. Tanımadı beni, aradan onca yıl geçmiş, zaten hatırlayacak bir halde değildi. Üniversitede okuyan oğlu bir gösteriden sonra tutuklanmış, iki aydır avukat bulamamışlar. Beni önermiş bazı arkadaşları. "Tamam," dedim, "dosyaya bir göz atayım, yarın gel, konuşuruz." Kalktı iki eliyle elime sarılıp eğildi, ben de eğildim, uğurladım, gitti. Oğlunun davasını aldım, oğlan dört ay sonra tahliye oldu, sonra da beraat etti. Tahliyeden sonra oğlunu da yanına katıp çiçek çikolatayla büroya, teşekküre geldi.

"Niye," dedi, "niye benden para almadın?"

"Sen beni hatırlamadın, değil mi Fahri Abi?" dedim. Bir an şaşırarak gözlerini bana dikti, bir müddet zorladı hatırlamak için.

"Kusura kalma," dedi, "nerden hatırlamam lazım?"

"Asuman'dan," dedim.

Birkaç saniye donmuş gibi kaldı öylece, önce gülümsedi, sonra da bir kahkaha patlattı. Kalktı, sarıldı bana.

"Vay be! Ama o gün ben ne demiştim sana?" dedi.

"Ne demiştin Fahri Abi?"

"Sana demedim mi sen büyük adam olacaksın, kimin avukatı olsan yaşadı, demedim mi?"

"Demez misin hiç Fahri Abi, dedin tabi."

Neşesi bir başka olmuştu, iki eski ahbap havasında konuşuyorduk artık. Oğluna bakarak "Biz ta o zaman tanışmıştık," diye başlayarak otobüs yolculuğunu, maceranın "vahim" kısmına hiç girmeden anlattı. Kalktılar, kapıya kadar yolcu ettim. Tam kapıdan çıkmış gidiyorlardı ki arkasından "Fahri Abi!" diye seslendim.

"Buyur kurban," dedi.

Sekreter masasının üstünde duran kolonyayı aldım, avuçlarını uzattı, döktüm.

"Geçmiş olsun abi!" dedim

İçten bir gülümsemeyle baktı bana.

"Biliyorum biliyorum," dedi, "hele dur bakalım, bunun altından nasıl kalkacağız." Başını sallaya sallaya gitti.

Annemle Hesaplaşmalar

Sene 1981; ben sekiz, abim dokuz yaşındaydı. Ben ve abim için gerçekten kara bir yıldı. Sadece birkaç ay öncesinde acımasız bir askeri darbe olmuştu. Benle abim henüz bunun idrakinde değildik. Zaten konumuz da bununla ilgili değil anne.

Evde toz şeker bitmişti. Genelde evin altındaki bakkaldan kiloyla alırdık ama, o şekilde pahalıya mal oluyordu. Beş kiloluk toz şekerlerden alalım diye sen bizi toptancıya gönderdin. Toptancı evimize bir kilometre kadar ötedeydi. Bakkalda 5 kiloluk toz şeker 300 liraydı ama toptancıdan alınca 250 liraya geliyordu. 250 lira verdin bize, abimle gidip toptancıdan şekeri aldık. Ben küçük olduğum için şeker torbasını abim kucağına aldı. Daha birkaç adım atmıştık ki yoruldu, yere bıraktı. Biraz dinlendikten sonra birimiz bir ucundan ötekimiz diğer ucundan tutarak birkaç adım daha taşıdık, yorulunca tekrar yere bıraktık. Koca şeker torbası taşınacak gibi değildi yani. Baktık olmayacak, caddenin kenarında bekleyen at arabasının yanına gittik. Abim arabacıya evi tarif ederek "Kaça götürürsün?" diye sordu. Arabacı bir bize, bir 5 kiloluk şeker torbasına tuhaf tuhaf baktıktan sonra "50 lira," dedi. Pazarlık yapmak diye bir şeyin varlığından henüz haberdar olmadığımız için hemen "Tamam," dedik. Şeker torbasını at arabasına attık, çıkıp oturduk. Ayaklarımızı aşağıya doğru salladık, öylece eve kadar geldik. Evimiz beşinci katta olduğundan arabacı şekeri kapıya kadar getirdi. Aslında mecburen getirdi çünkü bir kuruş paramız yoktu ve parasını almak için kapıya kadar getirmek zorundaydı. Kapıyı açtığında durumu sana anlattık. Önce şaka zannettin. Ama işin gerçeğini hemen anladın. İçerden getirip 50 lirasını verdin arabacının. Toptancıdan aldığımız şeker evin altındaki bakkaldakiyle aynı fiyata gelmişti. Oysa ben ve abim o yıllarda sermayenin tekelleşmesine karşıydık. Biz sermayenin tabana, yani halka yayılması gerektiğini savunuyorduk. 300 liranın hepsini bakkala vermektense 250 lirasını toptancıya, 50 lirasını da arabacıya vererek siyasi hareketimizin ilk pratik eylemini gerçekleştirmiştik. Ama sen buna ikna olmadığın için hareketimiz daha başlamadan darmaduman oldu. Senin yüzünden Türkiye serbest piyasa ekonomisine geçti, bak nerden nereye geldi memleket. Büyük vebal aldın, büyük!

Sonra bir gün evde mayaladığın yoğurdun birazını sefertasına koyup "Bunu Hacı Dedenize götürün," dedin. Abimle birlikte geze oynaya dört mahalle aşağıdaki dedemlerin evine gittik. Vardığımızda öğlen olmuştu ve iyice yorulmuştuk. Hacı Nene "Siz şimdi acıkmışsınızdır," deyip getirdiğimiz yoğurdun yanına biraz ekmek koydu. Abimle ben yoğurdun hepsini afiyetle yedik. Nenem sefertasını yıkayıp bize verdi, alıp eve geri geldik. "Niye bu kadar geç kaldınız?" diye sordun. "Nenegilde yemek yedik, o yüzden geç kaldık," dedik. "Ne yediniz?" dedin. "Yoğurt yedik," dedik. "Yoksa götürdüğünüz yoğurdu mu yediniz?" dedin hayretle. "Evet," dedik normal bir şey dermiş gibi. Bunu da yıllarca millete anlattın anlattın güldünüz. Oysa bana hiçbir zaman anormal bir durum gibi gelmiyordu. Mantığını bir türlü çözemesem de çok normal olduğunu düşünüyordum. Düşün düşün sonunda cezaevinde çözdüm meseleyi. O yoğurdu ihtiyaçları olduğu için değil, mutlu olsunlar diye göndermiştin dedeyle neneye. Biz yoğurdu onlara teslim ettiğimiz anda mutlu oldular zaten. Ama aynı yoğurdu biricik torunlarına yedirince ayrıca mutlu oldular. Senin bir adet mutluluk üretmeyi planladığın yoğurttan biz toplam iki adet mutluluk üretmiş olduk böylece, yaa! Tam otuz altı yıldır haksız bir şekilde bize güldünüz zalımlar.

O yıl seninle bir de namaz külahı işine girmiştik. Sen evde orlon ipten tığla namaz külahı yapıyordun, benle Nurettin abim de satıyorduk. Tamam, belki işlerimiz istediğimiz gibi gitmedi, o dönemde dünya genelinde namaz külahı piyasasında aşırı bir durgunluk vardı zaten. Ama sen bundan hep pazarlama birimini sorumlu tuttun. Mesela, üretim aşamasında yaşanan eksiklikleri hiç sorgulamadık nedense. O sezon daha çok da ince dokunmuş, pastel renk namaz külahları revaçtaydı. Hacı amcaların tercihi böyleydi en azından. Fakat sen kalın dokuma, bordo, haki, siyah, kırmızı külahlar örüyordun. Ya anne, yeşil kırmızı namaz külahı mı olur ya! Yaptın ama. Diyarbakır stadının önünde sataydık bari, Ulu Cami'nin önünde ne diye satmaya çalışıyorduk ki! Külahların çoğunu Hacı Dedemize sattık zaten. Satış yapamadığımız günler dedenin bakkalına gidiyorduk. Hem bize verdiği gofretleri yiyor, hem de bir iki külah satıyorduk. Senin ördüğün külahların en az yirmi tanesini babana satmıştık bu arada. Bilgin olsun yani. Zaten toplamda yirmi beş külah ördüğünü de hatırlatayım.

Bir gün babam öğlen yemeği için işten eve gelmişti. Pek sık yaptığı bir şey değildi ama o gün öğlen yemeğini evde yiyesi tutmuştu. Sen aceleyle sofrayı hazırlarken bizi de aşağıdaki bakkala, ekmek almaya gönderdin. Nedense artık bakkal denince bizim aklımıza tek bir yer geliyordu: Dedenin bakkalı. Dolana dolana, oynaya oynaya gittik yine, gofretlerimizi yedik, sallana sallana eve geri geldik. Eve vardığımızda üç saat geçmişti. Sen "Nerdeydiniz siz?" diye merakla çıkışınca, "Dedenin bakkalına gittik," dedik. "Ekmek nerde peki?" diye sorunca ben abime baktım hemen. Ekmekten sorumlu müdür oymuş gibi, bana niye soruyorsun, der gibi baktım, ama yemedin. Babam yemeğini ekmeksiz yiyip işe gitmişti. Bak, niye böyle olduğunun mantıklı bir izahını ben de halen bulabilmiş değilim. O yüzden bu konuyu atlıyorum. Sonuçta 1981 yılı zorlu bir yıldı bizim için. Ama bütün zorlu yıllar bir gün geçiyor, bitiyor be anne. Senin ve bütün annelerin ellerinden öpüyorum.

Tarih Kadar Yalnız

Babamla diyaloğumuz hiçbir zaman güçlü değildi. Kızlar babalarına düşkün olur derler ama ben şimdiye kadar bunu hiç hissetmedim. Kendimi bildim bileli içe kapanık bir adamdı. Sadece bana karşı değil, herkese karşı böyleydi. Annemle kavga ettiklerine hiç tanıklık etmedim ancak birbirlerine derin bir tutkuyla bağlandıklarına da inanmadım asla. Sanırım annem de O'nun bu halini kabullenmiş, bu şekilde sakin bir hayata razı olmuştu. Neşeli oldukları, keyifle sohbet ettikleri zamanları hayal meyal hatırlıyorum. Isparta'da büyük bir gül bahçemiz vardı, gül ticareti yapardı babam. Annemle birlikte bütün zamanlarını güllerin toplanması, tüccarlara satılması işiyle geçirirlerdi. Babam ortaokulu anca bitirmişti, Annemse okuryazar değildi. Benden önce doğan kardeşim daha iki aylıkken ölmüş, benden sonra da çocukları olmamıştı. Küçükken gül bahçesinde onlara yardım ederdim. Sevemedim ama gül işini. Okumak isterdim hep, babam da teşvik etti beni.

Mimarlık fakültesini kazanıp İstanbul'a gittikten sonra uzunca bir süre dönmedim Isparta'ya. Yazları kısa süreliğine uğrardım sadece. Beş yıl önce annemi kaybedince bir hafta kadar babamın yanında kaldım Isparta'da. Yalnız bırakmak istemedim. O bir haftada üç defa bile konuşmadık doğru düzgün. Derdini, acısını içinde yaşadı babam. Annemin onda yarattığı boşluğu hissedebiliyordum.

Annemle ben daha yakındık birbirimize. Haftada birkaç kez telefonda dertleşirdik mutlaka. Yoğun ısrarlarım sonucunda iki defa da İstanbul'a yanıma gelmiş, ana kız gezip tozmuştuk. Babam gelmeyi istemezdi, bildiğim için teklif bile etmemiştim. Annemin ani ölümü karşısında kendimi kimsesiz kalmış gibi hissetmiştim. Bir babamın olduğu duygusu yoktu içimde. Ondan annemin yerini doldurmasını beklemiyordum. Babamın da benden herhangi bir beklentisi olduğunu sanmıyordum. Beni sevdiğini biliyordum ama bunu gösterecek kadar yakın olmamıştık hiç. Hayatım boyunca bana kötü davrandığı, hatta kızdığı tek bir ânı bile hatırlamıyorum. Sakin, durgun ve iyi bir insandı.

Babamla geçirdiğim bir haftanın sonunda "Ben artık İstanbul'a dönmek zorundayım baba," dedim. "Tabii ki kızım, sen işinin gücünün başına dön, beni merak etme," dedi. Sesi ilk defa bu kadar duygu yüklüydü. "İstersen birlikte gidelim, bir müddet bende kalırsın, hem biraz değişiklik olur," dedim. Bunu bu kadar içten söylediğime ben bile şaşırdım ama o gayet normalmiş gibi, "Yok kızım, sağ ol, ben burda iyiyim şimdilik. Yakında güllerin hasadını yapmak lazım, onu da bitireyim, sonrasında bakarım artık," dedi. Vedalaştık, Isparta'dan ayrıldım.

İstanbul'a döndüğümde ofiste birikmiş işlerin üstüne atladım adeta. Kendimi işe vermek iyi geldi bana. Ortağımla birlikte kurduğumuz mimarlık ofisinde işlerimiz her geçen gün daha da iyiye gidiyordu. Kısa sürede hayal bile edemeyeceğimiz büyük projeler aldık. İstanbul'un her tarafında başlayan kentsel dönüşüm pastasından bize de hatırı sayılır bir pay düşüyordu. Ortağım Fırat'la üniversiteden beri arkadaştık. Son sınıftayken çıkmaya başladık, okul bitince de birlikte mimarlık ofisi açtık. Annemi İstanbul'a geldiğinde tanıştırmıştım Fırat'la. İyice tanıdıktan sonra "Kaçırma kızım bu oğlanı," demişti. Dinledim annemi, evlendik Fırat'la. Annemin ölümünden bir yıl kadar sonraydı. Babamı arayıp "Ben evleniyorum baba," dedim. "Sana mutluluklar diliyorum kızım, senin adına çok sevindim," dedi. Arkadaşlar arasında yaptığımız mütevazı düğüne gelmedi ama telefon açıp ikimizi de tebrik etti o akşam.

Düğünümüzden bir ay sonra da arayıp "Kızım, ben bağı bahçeyi sattım, Fenike'de küçük bir yere yerleşiyorum. Adresi sana sonra gönderirim, beni merak etme," dedi. "Hayırlısı olsun baba, bir ihtiyacın olursa mutlaka ara beni," dedim. On gün kadar sonra, Fenike'de yerleştiği bir balıkçı köyünün adresiyle birlikte iyi olduğunu, yolumuz düşerse beklediğini bildiren bir mesaj attı. "Bir ara mutlaka uğrarız, kendine iyi bak," diye cevapladım. Ayda bir de mutlaka arar, hal hatırını sorardım. Genelde iyi ve rahatının yerinde olduğunu, kafasını dinlediğini söylerdi.

Fırat'la evliliğimiz de işlerimiz gibi yolunda gidiyordu. Haftanın altı günü çalışıyor, Pazar günlerini tembellik yaparak geçiriyorduk. Cumartesi akşamları Beyoğlu'nda ortak arkadaşlarımızla birkaç kadeh bir şeyler içiyor, sinemaya tiyatroya falan gidip kafamızı dağıtıyorduk. Fırat'ın ayrıca edebiyata ilgisi çok fazlaydı. Ben de okumayı severim ama Fırat tam bir edebiyat bağımlısıydı. Yeni çıkan bütün kitapları ilgiyle takip eder, ince eleyip sık dokuduktan sonra da her haftasonu kitapçılara dalar, kucak dolusu kitap alırdı. O'nun bu şevki az çok bana da bulaşmıştı. Özellikle beğendiği romanları mutlaka bana da okuturdu. Ben de O'nun seçimlerine güvenir ve kesinlikle hayal kırıklığına uğramazdım. Yine bir gün yatakta uzanarak okuyup bitirdiği bir kitabı kapatıp göğsüne koydu. Gözlerini tavana dikip uzunca düşündükten sonra, "Vay be! Müthiş yazmış adam; bu ilk romanı ama gerçekten de usta işi olmuş," dedi. Sonra da "Mutlaka oku, beğeneceksin," diyerek kitabı bana uzattı. Kitabın ismi bile etkileyiciydi: "Tarih Kadar Yalnız". Yazarı Hasan Vefa Karadağlı'ydı. Emekli bir makine mühendisiymiş, fotoğrafından yaşlıca olduğu anlaşılan yazarın özgeçmişi hakkında fazla bir bilgi yoktu. Şöyle bir bakıp yatağın kenarındaki etajerin üstüne bıraktım. "Tamam, sonra okurum," dedim Fırat'a.

Kentsel dönüşüm kapsamına alınan yerlerde olanca hızıyla yıkım devam ederken bir yandan da yıkılan yerlerden devasa rezidanslar yükselmeye başlamıştı. Özellikle Kadıköy Fikirtepe'de aldığımız projelerden kazandığımız paralar yaşam standartlarımızı tümden değiştirecek kadar fazlaydı. Birikimlerimizi kentsel dönüşüm kapsamındaki gayrimenkullere yönlendiriyor, buralar dönüşüm kapsamına alınınca da elden çıkarıyor, mimari projeler dışında bu şekilde ekstra kazanç elde ediyorduk. Ancak bu iş temposu ve sürekli kazanma hırsı bizi makineleştiriyor, parayı kazanmaktan harcamaya fırsat bulamıyorduk. Kentsel dönüşüme karşı kampanya yürüten sivil toplum örgütlerini saymazsak hayatımızda can sıkıcı hiçbir şey yoktu neredeyse. Mutlu muydum, değil miydim, bunu düşünecek zamanım bile olmuyordu. Nihayetinde çalışıyor, kazanıyor ve iyi yaşıyorduk. Fırat'la pek sık birarada olmasak da ciddi bir sorun yaşamıyorduk. Bu yoğunluk ve koşuşturma içinde akşamları uyumadan önce birkaç sayfa kitap okuma fırsatı bulabiliyordum ancak. Fırat'ın bana verişinden bir hafta sonra alabildim elime "Tarih Kadar Yalnız"ı. Çok yorgun olmama rağmen kitap ilk sayfadan başlayarak esir aldı beni resmen. Gözlerim kendiliğinden kapandığında kitabı yarılamıştım nerdeyse. Ertesi gün ofisten erken çıktım; aklım kitapta kalmıştı. Eve gelir gelmez tekrar okumaya başladım. Fırat arayıp şantiyeden sonra ofise uğraması gerektiğini ve geç saate kadar çalışacağını söyledi. Ben de fırsattan istifade gömüldüm kitaba. Fırat beni uyandırmamak için anahtarıyla sessizce kapıyı açıp içeri girerken son sayfayı okuyordum. Salona gelip, "Sen daha uyumadın mı?" dediğinde konsantrasyonumu bozmamak için gözümü kitaptan ayırmadan fısıltıyla, "Hayır," diyebildim. Öylece ayakta dikilip bir iki dakika beni izledi. Nihayet son cümleyi de okuduktan sonra Fırat'a dönüp, "Gerçekten de vay be! Dediğin kadar varmış, çok sarsıcı," dedim. Yanıma sokularak, "Evet, beni de çok etkiledi doğrusu," dedi. "İnsanın kalabalıklar içindeki yalnızlığı bundan daha iyi anlatılamaz herhalde. Bazen düşünüyorum da Nermin, bu kadar çalışıp kazanıyoruz da para dışında tam olarak ne kazanmış oluyoruz acaba? Bu kadar paranın bende yarattığı yalnızlık duygusu beni ürkütüyor zaman zaman. Düşünsene, sosyal ve sınıfsal açıdan yükselmek, atmosferden uzaya doğru ilerlemek gibi adeta. Yukarıya doğru gittikçe orda bulunan canlı sayısı azalıyor. Giderek insanlardan, halktan uzaklaşıp uzay boşluğunda kendi yalnızlığınla seyahat ediyorsun. İşin hazin tarafı da bunu yapabilmek için kendini parçalarcasına gece gündüz çalışıyorsun. Yaşamın tam içinden yükselip, yaşamın olmadığı yere doğru ilerleyen gönüllü zavallılarmışız gibi hissediyorum bazen." Bunları söylerken kendi kendine konuşuyormuş gibiydi. "Evet, doğru diyorsun aslında, meselenin bu yönünü düşünmenin zamanı geldi de geçiyor bile. Bu roman da denk geldi doğrusu. Bazı şeyleri yerli yerine oturtmak için daha dikkatli ve duyarlı davranmamız gerekecek galiba," dedim. Fırat bana dönüp gözlerimin içine baktı. "Bak ne diyeceğim Nermin; gel yarın sabah uzun bir tatile çıkalım, sakin kafayla bu meseleleri hem düşünelim, hem konuşalım, hem de biraz dinleniriz. Ha, ne dersin?" deyiverdi heyecanla. "Dur, hemen heyecanlanma," dedim. Şevkini kırmamaya çalışarak, "Yarın sabah çıkmamız mümkün değil, onca işi gücü orta yerde bırakırsak kıyamet kopar," diyerek "olmaz" demeye getirdim.

Sabah erkenden valizlerimizi arabanın bagajına yerleştirirken hâlâ kendimize inanamıyorduk. Bütün Ege'yi sahilden dolaşarak en son Fenike'ye, babama uğradıktan sonra dönme planını bile yola çıkar çıkmaz yaptık. Sonra da babamı arayıp yolda olduğumuzu, on gün sonra kendisine uğrayacağımızı söyledim. "Dikkatli gelin kızım, yolunuz açık olsun," dedi.

Ege'yi sahil boyunca tadını çıkara çıkara dolaşırken Fırat'la geçmişimizi de konuştuk, geleceğimizi de. Ülkenin ve dünyanın içinde bulunduğu vahim durumu da, insanlığın geldiği noktada medeniyet adı altında yaşanan vahşeti, dramları da konuştuk. Kültürel yozlaşmayı, ekolojik felaketleri, ilişkileri teslim alan bireyselciliği, aşkların, sevdaların uğradığı mutasyonu da tartıştık. Fenike'ye vardığımızda rehabilitasyondan yeni çıkmış gibiydik.

Babamın tarifi üzerine, kaldığı yeri bulmamız zor olmadı. Yolun hemen kenarındaki ağaçlığın içinde beş altı tane işyeri ile biraz daha yukarılarda, tepeye doğru ormanlık alanın içine dağılmış yirmi kadar köy evinden ibaret bir yerdi. Arabayla kır kahvesinin önüne yanaştığımızda babam ve köyden oldukları anlaşılan üç yaşlı amca dışarıdaki bir tahta masada oturuyorlardı. Babam bizi fark edince gülerek ayağa kalktı ve arabaya doğru yaklaştı. Beni ve Fırat'ı sarılarak karşıladı. Bir adım geriye çekilip Fırat'ı şöyle boylu boyunca süzdü; iki yıldır evliydik ama ilk defa karşılaşıyorlardı. Babamın samimi ve güleryüzlü karşılaması Fırat'ın da tedirginliğini üzerinden atmasına yardımcı oldu. Kahvedeki arkadaşlarıyla ayaküstü tanışıp tokalaştık. Sonra babam bizi evine buyur etti. Kahvenin sahibinin çay ikram etme ısrarını "Benim evde demlediğim çay seninkinden güzel be!" diyerek espiriyle savuşturdu. "Gelin bakalım çocuklar," deyip önümüze düştü. Bahçesinin üstü asmalar ve rengarenk çiçeklerle örtülü bir balık lokantasını, sıkma-gözleme yapan ve yine enfes bahçeli, çardakların altındaki masalarıyla bir kır lokantasını ve hediyelik eşyalar ile yöresel ürünler satan bir tezgahı geçtikten sonra babamın bahçesi güllerle dolu evine geldik. Kocaman bir bahçenin köşesine yapılmış küçük kulübeden ibaret ev, bahçenin müştemilatı gibi duruyordu. Bahçede asmaların kapladığı çardağın altında tahtadan yapılmış karşılıklı iki sedir, sedirlerin üstünde kilim desenli minderler, ortada da yine tahtadan büyükçe bir masa vardı. Bahçenin her tarafı renk renk güller ve meyve ağaçlarıyla doluydu. Yıllarca gül yetiştirmekten edindiği bütün maharetini bu bahçede ustaca sergilemişti babam. Sedirde oturduğunuzda meyve ağaçlarının arasından yolun hemen altındaki sonsuz denizi görebiliyordunuz. Bizi oturtur oturtmaz "Çay demleyip hemen geliyorum," diyerek kulübeye gitti. Fırat'la birbirimize bakıp bu muhteşem manzaranın ve insana huzur veren atmosferin tadını çıkarmaya başladık. Arada bir ön taraftaki asfalttan hızla geçen arabaların sesini saymazsak kıyıya vuran dalgaların ve serin esen rüzgarın hafif ıslığına karışan cırcır böceklerinin sesinden başka bir şey duyulmuyordu. Babamın, hayatının geri kalanını yaşamak için iyi bir yer seçmiş olduğunu düşündüm; biraz da imrendim doğrusu. Yol yorgunluğunun da etkisiyle sedirde kıvrılıp uyumamak için zor tutuyorduk kendimizi. Babam bir elinde çaydanlık, diğer elinde tepsi ve bardaklarla geldi az sonra. Çayının tadı dediği kadar vardı gerçekten. Üç dört saat kadar işlerimizden, yaptıklarımızdan, babamın köydeki yeni yaşamından konuştuk. Gördüğüm kadarıyla annemin ölümünden sonra buradaki sakin hayat babama iyi gelmişti. Eskiye göre biraz daha konuşkandı ama içini okumak yine mümkün değildi, eğer bir içi varsa tabi.

O'nu bu şekilde huzurlu görmek beni de mutlu etti. Tüm ısrarlarına rağmen gece kalmayı kabul etmedik. Antalya'dan akşam uçağıyla İstanbul'a dönmemiz gerekiyordu. Araba da kurye şoförle İstanbul'a gönderilecekti. Bizi kalmaya ikna edemeyince, "En azından size bir balık yedireyim, öyle gidin," dedi. Doğrusu açık havanın etkisiyle de zaten midemiz kazındığından bu teklifi geri çeviremedik. Yandaki balık lokantasının bahçesindeki tahta masalardan birine oturduk. Belli ki köylülerin hepsi babamla iyi dost olmuşlar, çok iyi anlaşıyorlardı. Yol üstündeki işyerlerinin hepsini köylüler işletiyordu. Bahçeden yeni toplanmış sebzelerle yapılan salata, nefis mezeler ve taze balığın hepsini silip süpürdük adeta. Babam gözlerine yansımış neşesiyle köydeki anılarını anlatırken çaylarımızı da içtik. Sonra vedalaşıp yola çıktık. Yol boyunca Fırat babamdan çok etkilendiğini, sohbetinin çok keyifli olduğunu, daha sık görüşmemiz gerektiğini anlatıp durdu.

Ertesi gün ofiste işbaşı yaptığımızda yenilenmiş, daha doğrusu yeni bir hayata başlamış gibiydik. Artık hayatı iş ve paradan ibaret görmeyecek, topluma karşı daha duyarlı, sosyal ve siyasal sorunlara olabildiğince ilgili olacaktık. En azından tatilde aldığımız kararlar böyleydi. Oysa daha iki hafta bile geçmeden ben de Fırat da eski tempomuza geri dönmüş, hatta eskisinden daha fazla çalışmaya başlamıştık. Birbirimize itiraf etmesek de tatil boyunca konuştuklarımızı iş hayatındaki başarı için yapılmış bir tür günah çıkarma olarak görüyorduk. Arada bir böyle hayaller kurmanın kimseye bir zararı yoktu sonuçta.

İki yılımız daha bu şekilde geçti. İşlerimizin durmadan büyüyor olması nedeniyle çok daha büyük bir mimarlık ofisi kurduk. İşe aldığımız on iki mimar ve mühendis şirketin rutin işleriyle uğraşırken, benle Fırat daha büyük projelerin peşinden koşuyorduk. Bir gün çalışmasak her an yoksullaşabilirmişiz, iflas edip batabilirmişiz gibi derin bir kaygıyla işe asılıyorduk. Bazen günlerce birbirimizi görmüyor, akşamları baygın gibi uyuyup sabahları erkenden ofise, şantiyeye koşuyorduk. Oysa on ömrümüz daha olsa biriken servetimizi bitirmemize yetmezdi. Kaldı ki ne benim ne de Fırat'ın yakın akrabaları bile yoktu. Daha doğrusu, biz onlara yakın olacak kadar akrabaları değildik. Bunca işin içinde çocuk yapmayı ve büyütmeyi aklımızdan bile geçirmemiştik. Mutsuz değildik, bunu da mutlu olmak zannediyorduk.

Yine bir Cumartesi akşamı Beyoğlu'nda dolaşırken bir kitabevinin vitrininde Hasan Vefa Karadağlı'nın yeni kitabının afişini gördük. İkinci kitabının ismi "Sende Kalandır Aşk"tı. Hemen içeri girip birer tane aldık. "Umarım ilk kitabı kadar iyidir," dedi Fırat. İlk kitabı "Tarih Kadar Yalnız" Türkiye'de en çok satan kitaplar arasına girmiş, hak ettiği ilgiyi görmüş, çevrildiği birçok dilde de aynı başarıyı yakalamış, çok sayıda ödül almıştı.

Ertesi günü evde kitabı okuyarak geçirdik. Öylesine kaptırmıştık ki kendimizi, akşama kadar yemek yemeyi bile unuttuk. Fırat hatırlatınca evde hızla bir şeyler hazırlayıp atıştırdıktan sonra tekrar kitaba döndük. Öylesine çarpıcı ve sarsıcı bir şekilde akıyordu ki sayfalar, geceyarısına kadar ara vermeksizin okuyup bitirdik. Fırat elinde kitapla çalışma odasından salona geldiğinde ben dalgın ve şiş gözlerle tavana bakıyordum. İlk kitap çok iyiydi ve gerçekten de bizde bazı sorgulamaları tetiklemişti. Her ne kadar aldığımız kararları hayata geçiremesek de bu varlık içindeki hiçliğimizi tokat gibi yüzümüze vurmuştu. Ama bu ikinci kitap neredeyse bizi anlatıyordu. Hep başkalarının koyduğu kurallara göre yaşadığımızı, piyasa titizliğiyle kusursuz bir şekilde kurgulanmış hayatlarımızın sönmüş ışığını, kaybedilmiş aşkını anlatıyordu. Sabaha, neredeyse gün doğana kadar Fırat'la bunun üzerine konuştuk. Hayatımızı, ilişkimizi, aşkımızdan geriye kalmış hayaleti, girdiğimiz açmazın boğuculuğunu, dönüşün mümkün olup olmadığını, bankadaki servetimizin yitirdiğimiz aşktan kalan devasa boşluğu doldurup dolduramayacağını... daha birçok şeyi konuştuk. Çok uzun zamandır birbirimizi sadece iyi bir iş ortağı gibi görmeye başladığımızı itiraf etmek de zor olmadı. En son, Fırat gülerek, "Galiba bizim yine tatil zamanımız gelmiş," dedi. "Bu defa da 'hadi kalk, gidiyoruz' demezsin umarım," dedim. "Yok yok, bu defa birkaç gün işlerimizi iyice planlayıp öyle çıkarız," dedi. "Peki o zaman, hadi bakalım, şimdi iş zamanı," dedim. Duş alıp hızlıca kahvaltı yaptıktan sonra uykusuz bir şekilde ofise gittik.

Ofis çalışanları her zamanki yoğunlukla güne başlamıştı. Kitabın yarattığı etki uykusuzluğumla birleşince motivasyonumu yitirmiştim; zombi gibi boş boş ortalıkta dolanıyordum. Öğlene doğru dayanamadım, klimanın soğuttuğu çalışma odamda kanepeye kıvrılıp uyudum. Cep telefonumun sesiyle gözlerimi zoraki olarak yarım açtığımda ne zamandır uyuyor olduğumu bilmiyordum ama sanki az önce uykuya dalmışım da hemen uyanmışım gibi kendimi bitkin hissediyordum. Üstüme örtülen battaniye ile başımın altına konulan yastıktan anladığım kadarıyla Fırat uğramıştı ben uyurken. İsteksizce uzandım sehpada duran telefona; kayıtlı olmayan bir numara arıyordu. Önce sessize alıp biraz daha uyumayı düşündüm, ancak arayan her kimse ısrarından vazgeçmiyordu. Uykulu bir ses tonuyla "Alo, buyrun?" dedim. "Nermin kızım, sen misin?" dedi yaşlı bir erkek sesi. "Evet benim de, tanıyamadım, kusura bakmayın," dedim merakla. "Ben Selim, kızım; Finike'den, babanın arkadaşı, balıkçı Selim," dedi. "Ah, tabii ki hatırladım Selim Amca, kusuruma bakma lütfen. Çıkaramadım bir an," dedim, ama içime de bir kurt düştü. Selim Amca niye arasın ki beni? "Seni rahatsız ettim kızım ama baban biraz rahatsızlandı, şimdi Finike Devlet Hastanesi'ndeyiz, hemen gelebilseniz iyi olur," demesiyle battaniyeyi fırlatıp ayağa kalktım.

"Neyi var babamın, Selim Amca? Yoksa ciddi bir şey mi oldu, yanında mı şimdi?" diye sordum telaşla. "Durumu iyi değil kızım, gelseniz iyi olur, bu kadar diyivereyim işte," diyerek kapattı telefonu. Selim Amca'nın ses tonundan durumun ne olduğu anlaşılıyordu aslında ama yine de aklıma getirmek istemedim. Kendimi toparlayıp Fırat'ı aradım ilk olarak. Dışarıda, şantiyedeydi; durumu hızla anlatıp havaalanında buluşalım dedim.

Fenike Devlet Hastanesi'ne vardığımızda geceyarısı olmak üzereydi. Selim Amca ve diğer köylüler bizi hastanenin bahçesinde karşıladılar. Görüntü fazla söze gerek bırakmıyordu. Bir an bayılacak gibi oldum, Fırat koluma girdi. "Başınız sağ olsun," sesleri arasında bir banka oturttular beni. Babamla hiçbir zaman baba kız olamadık belki ama ölümünün bende yaratacağı acının bu kadar büyük olacağını da hiç düşünmemiştim. Görüşemesek de, yakın olamasak da evet bir babam vardı ve şimdi yoktu artık. Ellerimi yüzüme kapatıp hıçkıra hıçkıra ağladım hastane bahçesinde.

Sabah evden çıkmayınca köylüler merak edip eve gitmişler, öylece yatağında uyur gibi huzurla uzanır halde bulmuşlar cenazesini. Hemen ambulans çağırmışlar ama yapacak bir şey yokmuş. Doğrudan morga koymuşlar doktorlar. Beni aramışlar hemen. Çok üzülmüşler, iyi adammış babam. Babam köye ilk yerleştiğinde biraz tedirginlik duymuşlar ama kısa sürede tanımış, içlerinden biri gibi görür olmuşlar onu. Bu cümleler etraftaki köylülerin ağzından dökülürken ben içimden kendime lanetler yağdırıyordum. Biraz daha zaman ayırsam, biraz daha ilgi göstersem ne kaybederdim ki? Tamam, belki kendini içine kapatmıştı, ama ben de yakınlaşmak için en küçük bir gayret göstermemiştim.

Köylüler biraz sakinleştiğimi görünce, "Nerde defnedilecek?" diye sordular. Şaşkınlıkla yüzlerine baktım. Bunu hiç düşünmemiştim. Daha doğrusu babamın bir gün öleceğini bile düşünmemiştim; en kötüsü de ben babamı son aylarda hiç düşünmemiştim. Kısa bir kararsızlıktan sonra, "Burda defnedilmeye eminim ki hayır demezdi, ancak izininiz olursa Isparta'ya, annemin yanına defnetmek istiyorum," dedim. Hepsi de onayladılar bu kararımı. Sabah erkenden cenazeyle yola çıkarız deyip hazırlıkları yapmak üzere dağıldılar. Bir tek Selim Amca kaldı. "Gelin gidelim, bu gece misafirim olacaksınız," dedi, kararlı bir ses tonuyla. "Çok teşekkür ederiz ama size rahatsızlık vermeyelim, bir otelde kalırız, zaten erkenden yola çıkacağız," dedi Fırat. "Kattiyen olmaz," diye ısrar etti Selim Amca. "Benim misafirim olursanız memnun olurum, ama rahat etmeyecekseniz babanızın evi de boş, orda kalırsınız." Bu yeni öneri daha sıcak geldi bize. "Tabii bu çok daha iyi olur aslında," dedim. Fırat da başıyla onayladı beni.

Kulübeden içeri girip ışığı yaktığımızda önde küçük bir hol, arka tarafta bir yatak odası, küçük bir mutfak ve banyodan ibaret olan evin tamamını rahatlıkla görebildik. Girişteki holde, pencerenin hemen altında ahşap bir çalışma masası, masa lambası ve tahta sandalye göze çarpıyordu. Çok fazla eşya yoktu içeride; bahçedekine benzer bir sedir, yerde eski bir kilim ve sehpa vardı. Çalışma masasının üzerinde ilkokul defterlerine benzer çok sayıda defter ve kurşunkalemler göze çarpıyordu. Fırat yatak odası ve banyoyu incelerken ben defterlerden en üsttekini alıp sayfalarını hızlıca çevirdim. Babamın elyazısıyla doluydu tüm sayfalar. Kargacık burgacık, kurşunkalemle yazılmış, tamamı dolu on bir defter vardı. Babam ya yazı çalışmaları yaparak yazısını ilerletmeye çalışmış ya da... neydi?

Defterlerin hepsini kucağıma alıp sedire oturdum. En üstteki defterin ilk sayfasını açıp okuyunca dondum kaldım adeta. Fırat'a seslenebilmek için birkaç saniye kendimi toparlamam gerekti. Fırat gelip yanıma oturduğunda defteri ona verip hayretler içinde, "Şunu okusana," dedim. Fırat başlığı ve ilk cümleleri yüksek sesle okudu: "Tarih Kadar Yalnız, bazen en kalabalık ortamlarda bile kendinizi yalnız hissettiğiniz olur. Bütün evrende sizin varlığınızdan haberdar olan tek kişi yine sizmişsiniz gibi. Bu, yalnızlığa giden yolun her bir taşını kendinizin ördüğü anlamında ise..." Okumayı sessizce sürdürdü bir müddet daha. Defteri biraz daha karıştırıp rastgele birkaç sayfa okuyunca Hasan Vefa Karadağlı'nın kitabının, olduğu gibi deftere geçirildiğini anladık. Diğer defterlerde de devam ediyordu aynı şekilde. Üstelik "Sende Kalandır Aşk" kitabı da aynen deftere geçirilmişti. Gerçekten inanılmaz bir tesadüftü bizim için. Son yıllarda babamla aynı kitapları okumuştuk demek ki. Hatta babam da bizim gibi kitaplardan çok etkilenmiş olacak ki hepsini tek tek deftere geçirerek iyice içselleştirmeye çalışmıştı okuduklarını. Doğrusu babamın bu tür kitapları okuyabileceğini asla düşünemezdim. Babamı ne kadar az tanıdığımı düşünerek bir kez daha hayıflandım. Fırat da evi kolaçan edip yayımlanmış bu kitapları aradı ama bulamadı. Yatak odasındaki kitapların arasında yoktu en azından. Babamın son beş yılını geçirdiği bu kulübeye bile ancak O öldükten sonra girmiştim. Ne kadar büyük olsa da pişmanlığım, telafisi mümkün değildi artık.

Sabah erkenden köylülerin birkaçının da refakatiyle babamın cenazesini alıp Isparta'ya doğru yola çıktık. Mezarlığa vardığımızda öğlen olmuştu. Öğle namazının ardından cenaze namazını kıldılar. Mezarın başı beklediğimden de kalabalıktı. Babamın ve annemin uzak yakın bütün akrabaları ve arkadaşları gelmişti. Birçoğunu tanıyamadım, görüşmeyeli uzun yıllar olmuştu. Ancak hepsi de gerçek bir samimiyet ve üzüntüyle yanıma gelip başsağlığı dilediler; inanılmaz bir mahcubiyet hissettim hepsine karşı.

Defin işlemleri bittikten sonra herkes yavaş yavaş ayrılırken ben biraz daha kalmak istediğimi söyledim. Fırat koluma girerek annemin ve babamın mezarlarının başında eşlik etti bana. Artık herkes gitmiş, sadece yaşlı bir amca kalmıştı mezarın başında. Adama dönüp iyice baktığımda yüzü tanıdık geldi bana ama çıkaramadım. Saygılı bir tavırla yanımıza gelip üzgün bir sesle, "Başınız sağ olsun kızım," dedi. "Sizler sağ olun, teşekkür ediyorum," dedim karşılık olarak. Bir yerden tanıdığıma emindim. Ancak şimdi sorsam ayıp olurdu. Kendisi de bu tereddümü fark etmiş olacak ki, "Sen belki tanımazsın kızım, babanın çocukluk arkadaşıyım. İlkokula, ortaokula beraber gittik. Sonra o okulu bıraktı, ben devam ettim. İzmir'de üniversiteyi de okudum. Yıllarca şehir şehir dolaştım meslek icabı. Ancak babanla irtibatımız hiç kesilmedi. Birkaç yıl önce emekli olup Isparta'ya geri döndüm. Arada bir Fenike'ye, babanı görmeye giderdim. Birkaç gün yanında kalırdım, birlikte balığa çıkar, sabahlara kadar keyifli sohbetler yapardık. Çok yakın dosttuk biz kızım," dedi iç çekerek. "Geç de olsa babamın bir dostumu tanımaktan mutlu oldum," dedim, içten bir şekilde. Cebinden bir kartvizit çıkardı, bana uzattı, "İstanbul'da bir vakfımız var, fırsat bulup da gelirseniz babanla ilgili konuşacak çok şeyimiz var aslında," dedi, gülerek. Kartı alıp Fırat'la aynı anda okuduk ve ikimiz de, "Aman Allahım, gerçekten bu O!" dedik. Karşımızdaki yaşlı amca, fotoğraflarından tanıdığımız yazar Hasan Vefa Karadağlı'ydı. "Tabii ya, kitaplarınızdaki fotoğraflarınızdan hatırlıyoruz sizi," dedi Fırat. "Sizi tanımak büyük şeref, doğrusu babamın çocukluk arkadaşı olduğunuzu öğrenmek de büyük sürpriz oldu bizim için. Kitaplarınızı severek ve ilgiyle okuduk. Çok etkilendiğimizi söylemem gerek. Bu arada babamın sizin kitaplarınızı defterlere geçirmesinin sırrı da anlaşılmış oldu," dedim. Fotoğraflarda göründüğünden daha yaşlıydı adam. Eski fotoğraflarını kullanmıştı demek ki. Yüzündeki derin kederden babamın ölümüne çok üzüldüğü anlaşılıyordu. Bana iyice yaklaşıp gözlerimin içine bakarak, "Hayır kızım," dedi Hasan Vefa. Biraz durakladıktan sonra devam etti: "Baban kitaplarımı deftere yazmadı, ben babanın deftere yazdıklarını kitaba aktardım."

Önce şaka yapıyor sandık ama hiç de öyle görünmüyordu. "Baban son yıllarını geçirdiği Fenike'deki kulübede içini defterlere döküyordu. Ziyaretlerim sırasında yazdıklarını okuyor, çok değerli ve etkileyici buluyordum. Yayımlaması için sürekli ikna etmeye uğraşırdım, sonunda bir şartla kabul etti. Benim ismimle yayımlanmasın, bu saatten sonra yazar olup buradaki huzurumu bozamam, senin isminle yayımlanacak, bütün angaryayı da sen çekeceksin, dedi. Benim de bir şartım var o halde, dedim. Kitap çok satarsa gelirlerini genç edebiyatçılar için harcayacağız, bir kuruşuna bile dokunmayacağız, dedim. Anlaştık ve bu şekilde iki yılda iki kitabı da yayımladık. Tahmin ettiğim gibi kitaplar çok beğenildi ve geliriyle İstanbul'da bir vakıf kurduk. Şimdilerde birçok genç edebiyatçıya destek oluyoruz," diyerek yüzündeki mutluluk ifadesiyle gülümsedi. Fırat'la ikimiz adeta şoka girmiş gibi, ağzımız açık bir şekilde dinlemiştik Hasan Vefa'yı. Elini uzatıp vedalaşırken, "Vakfa uğramayı unutmayın. Bu arada, baban o kulübedeki defterleri sana bıraktı. Ölmeden önce sana açıklamamı istemedi, senden başkasına açıklamayacağıma dair de söz aldı. Çok kıymetlidir o defterler kızım, aslında sana ve tüm insanlara vasiyetnamesidir," dedi, sonra ağır adımlarla yürüyüp gitti.

Döndüm, bir babamın mezarına bir Fırat'a baktım. Diz çöküp mezarının üstündeki toprağı avuçladım, bu yaşadığım utancın ve pişmanlığın son olacağına dair söz verdim babama.

Not: Öyküde geçen kitap isimleri Murathan Mungan'ın dizeleridir.

Sonu Muhteşem Olacak

Kent Konseyi'nin uzun süren toplantısından çıkıp eve geldiğinde heyecanı her halinden okunuyordu. Bahçenin açık duran kapısından girdiğinde annesini çoğu zaman olduğu gibi bostana ektiği sebzelerle uğraşırken buldu. Sessizce yaklaşıp boynuna sarılarak öptü annesini. İrkilip düşecek gibi olsa da sıkıca tuttu annesinin yorgun bedenini. "Ödümü kopardın oğlum, hayırdır, keyfin yerinde bugün?" dedi oğluna. "Sana bir sürprizim var anne, konferans için Amerika'ya gidiyorum. Kent Konseyi toplantıda beni görevlendirdi bunun için," dedi. Annesi gururla baktı oğluna, gözleri buğulandı bir an. Tıp Fakültesini kazanıp gittiğinde de, doktor olup doğduğu yere döndüğünde de aynı gururu yaşamıştı. O'na hamileyken öldürmüşlerdi kocasını. Acılarla, zulümle geçen yılların sonunda düze çıkmışlar, her şeyin çok daha güzel olduğu dönemler yaşanmaya başlamıştı. Oğlu okul çağına geldiğinde artık kendi anadillerinde eğitim yapan okulları vardı. Mahalle Meclisleri ve Kent Konseyi'nin aldığı kararlarla açılan okullarda kendisi bile geç de olsa okuma yazma öğrenmişti. Dicle'nin kenarındaki bu kadim kentte tarıma ağırlık verilmiş, tarımla uğraşmak isteyen herkese yeteri kadar toprak dağıtılmıştı. Dicle'nin suyu kanallarla bütün tarlaları ve bostanları sulamaya başlamıştı. Mahalle Meclisleri'nin her biri kendi kooperatiflerini kurmuş, ürettikleri bütün ürünleri kooperatifler aracılığıyla hem birbirlerine hem de bütün bölgeye satmaya başlamışlardı. Hayvancılık, el sanatları ve turizm de kooperatiflerin desteğiyle gelişmiş, birkaç yıl içinde kendine yetecek kadar güçlenmişti kasabaları. Yıl be yıl daha fazla kendi ayaklarının üstünde durabilmenin haklı gururunu yaşıyorlardı. Yolsuzluk, rüşvet, hırsızlık, uyuşturucu, fuhuş gibi geçmişin bütün kötü mirasını yok edebilmek için tam anlamıyla bir toplumsal seferberlik başlatılmış, önemli başarılar elde edilmişti. Yeni yetişen neslin hem ahlaki hem de politik değerler kazanması için bütün halk el ele vermiş, meclislerinde yeni kararlar almış ve hayata geçirmişlerdi. Eski alışkanlıkları ortadan kaldırmanın zorluğunu bilerek sabırla, ilmek ilmek örmüşlerdi yeni yaşamlarını; işsizlik ve yoksulluk neredeyse bitme noktasına gelmişti. Toplumsal ekonominin olabildiğince demokratik bir modelini uygulamaya çalışmışlar, engellere ve zorluklara rağmen 21. yüzyılın ilk yarısında bütün dünyaya örnek olabilecek bir model inşa etmeyi başarmışlardı. Özellikle güneş ve rüzgar gücünden yararlanılarak yapılan ve bütün kente yeten temiz enerji atılımı, tarih ve doğa ile uyumlu kentleşme, herkese sağlanan eşit ve ücretsiz sağlık hizmetleri, tarafsız ve adil çalışan yargı kurumları, doğrudan demokrasinin hayata geçirilebildiği halk meclisleri, cinsiyet, inanç ve yaşam tarzı konusundaki özgürlükçü anlayışları bütün dünyanın dikkatini ve hayranlığını üzerine çekiyordu. Bütün bu gelişmeler hem bölgelerinde hem de ülkenin genelinde toplumsal barışın sağlanmasına da önayak olmuş, acı geçmişe ve hatıralara rağmen bir arada yaşamayı başarmış bir ülke olarak dünyanın geri kalanının takdirini kazanmışlardı.

Oğlu da doktor olup kasabaya döndükten sonra Kent Konseyi'nin görevlendirmesiyle Halk Sağlığı Merkezi'nde çalışmaya başlamıştı. Zaten herkesin tanıdığı ve sevdiği doktor, kısa sürede mesleğinde de başarılı olmuş, yardımseverliği, mütevazılığı ve çalışkanlığıyla öne çıkmıştı.

Her yıl yapılan Kent Konseyi seçimlerinde önce Meclis Üyesi, arkasından da Meclis Eş Sözcüsü seçilmişti. Bu göreviyle birlikte doktorluğu da şevkle ve büyük bir heyecanla yürütüyordu. Hiç görmediği babasına ve amcasına layık olma bilinciyle büyümüştü; şimdi de bunu hayata geçirme fırsatı bulmuş olmanın mutluluğunu yaşıyordu.

Kasabanın bu başarılı yerinden yönetim deneyimini anlatması için Harvard Üniversitesi'nde bir konferans vermek üzere kasabanın Kent Meclisi'nden bir kişi Amerika'ya, Boston'a davet edilmişti. Yapılan son toplantıda bu kişinin kendisi olmasına karar verilmişti.

Konferans daha bir ay sonraydı ama doktor şimdiden yerinde duramıyordu. 28 yıllık hayatında ilk defa Amerika'ya gidecekti. Daha önce dil eğitimi için kısa süreliğine Londra'ya gitmiş, onun dışında hiç yurtdışına çıkmamıştı. Üstelik bu kadar prestijli bir üniversitede kendi halkını temsilen deneyimlerini anlatacak olması iyiden iyiye heyecanını arttırıyordu. Daha ilk günden konferansta yapacağı konuşma üzerinde çalışmaya başlamış, çok uzun olmayan ancak bütün detayları ve sürecin tamamını içeren bir metin hazırlamıştı. Yola çıkmadan önce de metni Kent Konseyi'nde okumuş ve büyük alkış almıştı.

Önce İstanbul'a, oradan da Amerika'ya gidecekti. Sabah kasabanın dışındaki havaalanına gitmeden önce babasının mezarını ziyaret etmek istedi. O'nu havaalanına bırakacak arkadaşı Bawer'le birlikte mezarlığa gittiler. Bahçeden topladığı taze kır çiçeklerini yettiği kadarıyla tüm mezarların üstüne bıraktıktan sonra en son babasının ve bitişiğindeki amcasının mezarının önüne geldiler. Elinde kalan son çiçekleri de iki mezarın üstüne bıraktıktan sonra yarı hüzünlü, yarı gururlu bir sesle, "Rahat uyuyun," diyerek ayrıldılar mezarlıktan. Mezar taşlarının birinde babası "Ahmet Tunç", diğerinde ise amcası "Mehmet Tunç"un isimleri yazılıydı.

Arkadaşı Bawer havaalanında O'nu yolcularken uzun uzun sarılıp, "Bizim yerimize de gez Amerika'da, yolun açık olsun 'Bêkes'," dedi. Hiçbir zaman kimsesiz olmamıştı "Bêkes". Halkının evladı olarak büyümüş, ismiyle tezat oluşturacak kadar çok sevilmişti hep. Doktor Bêkes geride bıraktığı arkadaşına el sallarken Cizre'nin yakıcı sıcağını hissettirecek güneş iyice tepeye yükselmiş, yeni yaşamın yeni bir günü çoktan başlamıştı Dicle'nin kenarında.

Teşekkür

Oldukça mütevazı olsa da, cezaevinde yazmak ve bunları kitaba dönüştürmek ancak çok sayıda insanın ortak emeğiyle mümkün olabilirdi.

Tutuklandığım ilk andan itibaren her hafta bir saat benimle görüşebilmek için üç bin kilometre yol kat eden, öykü yazmam konusunda moral desteğini esirgemeyen sevgili eşim Başak'a,

Öykülerin ilk okumalarını yaparak öneri ve eleştirileriyle katkı sunan hücre arkadaşım, Hakkari Milletvekilimiz Abdullah Zeydan'a,

Neden yazmıyorsun? diye sürekli ara gazı vererek beni motive eden Sırrı Süreyya Önder ve Barış Pirhasan'a,

Kapak resmini, tasarımını ve öykü çizimlerini yapan en minik kardeşim Bahar Demirtaş'a ve Siya Gürbüz'e,
Öykülerin redaksiyonuna katkı sunan Harun Ercan'a,

İç kapak fotoğrafını çeken DİHA Muhabiri Yağmur Kaya'ya,

Hakkımda açılan 102 soruşturmayla boğuşarak, bana yazma fırsatı yaratan bütün avukatlarıma,

Dışarıdaki elim kolum haline gelen danışman arkadaşlarıma, özellikle de Ferhat Kabaiş'e,

Kitabın yayımlanması konusunda destek olan mücadele arkadaşım, Dipnot Yayınları Yayın Yönetmeni Emirali Türkmen'e,

Cezaevlerinden ve dünyanın dört bir köşesinden gönderdikleri mektuplarla dayanışma gösteren bütün mektup arkadaşlarıma,
İçtenlikle teşekkür ediyorum.